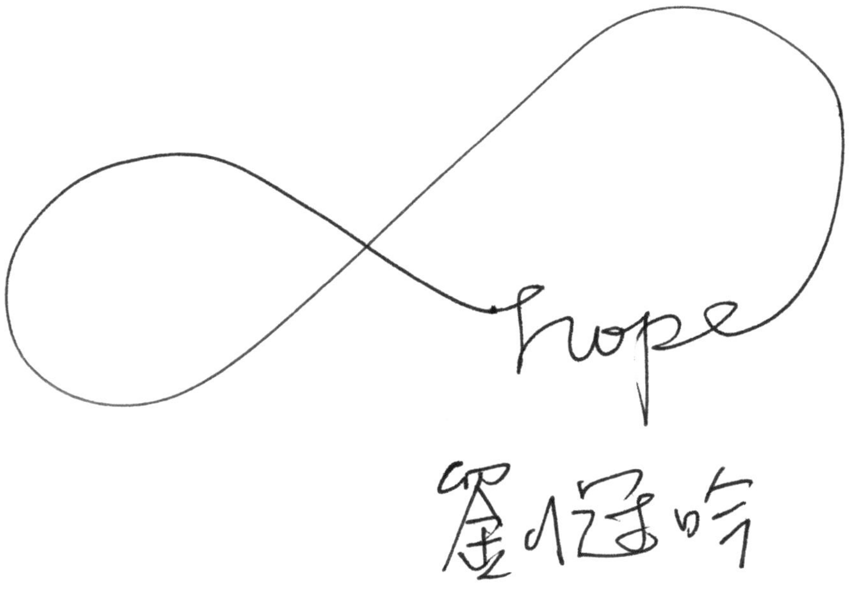
hope

人生不會有一雙大手一直抓你脫離泥濘。
大部分時候，泥濘才是人生的常態。

有春的日子

劉冠吟——著

暗路手捧一顆星

詩人・藝術家・有鹿文化社長
——許悔之

向冠吟約書好幾年了，終於等到她在《女子力不是溫柔，是戰鬥》出版良久之後的新書，她陸續整理了文稿，交給有鹿，而完成了這一本《有春的日子》。

冠吟與我認識，其實起於一個意外。之前看到《小日子》雜誌，就覺得選題特別、觀念接合時代，我注意到雜誌是由「劉冠吟」在主事。我從事編輯出版很多很多年了，因為工作的緣故，看到每一個編輯人的「手路」都不相同，但是冠吟的編輯選題和觀念的果敢介入，常常都使我大歎服！我曾幾次告訴有鹿的工作夥伴：《小日子》非常值得作為編輯的我們參考。

因為一個事件的溝通不良，我看到還沒有見過面的、現實中並不認識的劉冠吟，在她的個人臉書表達對有鹿的不滿。我看了以後，覺得《小日子》報導有鹿作者，但卻引發冠吟不快，感到不安，遂拜託了一位我們共同認識的朋友聯繫冠吟，希望容許我向她致意和說明。

冠吟應該是在搭乘捷運之中接到我的電話，之後我約了一頓飯局，請冠吟吃飯喝酒，向她說明，也表達我的歉意。在這一頓飯局中，冠吟酒量驚人，我帶去的一罐威士忌，兩人都喝光了（其實大部分是她喝的），我已酒意醺醺，永遠記得冠吟當時問我：「還有沒有酒可以喝？」酒，當然不是我對她記憶的重點，那一天的交談裡，她對編輯出版和人生的經歷與看法，才是我覺得動容之處。她念臺大中文，在《蘋果日報》、鴻海集團拚搏過，她是見過「刀光劍影」的文青。所以她對一切文學性的情感性的想像，都會放入現實架構中的可行性加以審酌——所以她主事的《小日子》也充滿這樣的性格，大處著眼，小處細膩，理性與感性兼具。

那一天相約吃飯之後，我和冠吟成為了好友。雖然不常見面，但卻是說得上心裡話的情誼。我也知道，她人生的經歷和看法，將可以成為一本非常有意義的好書。作為編輯，是無法容忍好書從眼前溜過的，所以這幾年來，我和同事于婷就保持持續的「糾纏」冠吟，催她成書，「非達成國民革命之目的，絕不終止」。

瑣瑣屑屑地說了這麼多，無非是要描述冠吟的想像力和執行力，以及她的見解。文人玄思空想，從來都不是她的特色，她是那種水裡來火裡去，一直在試探並開創生命邊界的人，是那種行事漂亮而有風格的人，但這樣明亮的外表背後，我也看到冠吟內心黝密的部分，這些，大都寫在這本書裡了。

於我而言，《有春的日子》充滿了視覺的圖像，這是一本「人生遊記」，冠吟「暗路手捧一顆星」，這顆星是她的深刻自我覺知，還有對世間人事物的深愛。憑藉著這顆星，憑藉著智慧與愛，可以行過那麼多坎坷、闃暗、憂愁。在這本書，冠吟記述並剖析了許多自己生命的「不堪」，但是她毅然「回首」，把這些看得清清楚楚，把這些說得明明白白，然後直面地處理這一切。解析人生，冠吟或許知道了如何重構了自己的人生地圖——這不就是書寫的意義嗎？藉由審視生命的外相與事件，去勾勒出世界的秩序——那自己獨有的可以在人生繼續勇敢行路的地圖。

往往在這個世界，我們以為匱乏了、受限了，但是我們豐富的心智，使自我與靈魂對話，因而替我們燭照了行路。所以我們所擁有的，常常比我們低潮時的想像還多很多很多——充滿可能，如此「有春」！讀這本書的書稿，看著冠吟的整編修改到完成，參差對照，我也彷彿經歷了一次靈魂CPU的整理與更新了。

自序

行到水窮處，躺下來也行

每一本書的序文對作者來說，都最困難，所以我的序文在編輯于婷催我一〇五三次以後才寫完。序文就是金庸小說裡面的降龍十八掌或九陰真經，全套使完以後還要來個經典pose，這姿勢不能狗尾續貂，不然序文就變廢文了。

雖然一直都是文字產量不算低的文字工作者，去年才出了我生平第一本書《女子力不是溫柔，是戰鬥》，出書當下，氣力用盡，覺得這大概就是我此生的唯一一本書吧。曼娟老師聽聞我如此想法，優雅地從鼻孔哼一聲：「不可能的，我就等著看你再出到五六七八本吧。」

第一本書出完沒多久，沒想到我又開始提筆。有鹿文化社長許悔之跟我邀書的伊始，是希望我可以寫寫關於《小日子》的一路發展及創業經驗，沒想到我寫著寫著，就又往個人思維的那條路寫去。今年碰到我外婆過世、離開公司又流產，這些事情都化為筆下千千萬萬的文字，赤裸到無法修飾。

寫著覺得不妥，當初悔之跟我邀稿不是這些啊。想找悔之向來就一通電話過去的我，慎重其事地向于婷（也就是後來成為我的編輯）要了悔之的電子郵件，將事情的來龍去脈訴諸信中。於是，悔之成為第一個知道我要離開公司的人，我也在信中問他：「不在這個位置，不寫這些東西，你還願意出我的書嗎？如果不妥當也沒關係。」

紙本書的市場難做，鮮有賣座的把握，慣於商業思維的我，不想把這份看似理想實則難做的業績託於人。悔之知我甚深，回我：「你就儘管寫吧，有需要聊聊，找我。」這個答案瞬間將我接住，在直線下墜的速度中，彷彿抓住了自己的節奏。這本書之所以能成書，第一個要謝謝悔之，感謝悔之於一個優秀的前輩位置一直引領著。謝謝悔之與于婷，讓我任性且真情的寫完這本書不需要擔心什麼。感謝悔之是一個如此聰慧貼心、能將我一眼看穿卻不說破的朋友，即使自己在黑暗的時刻，卻總能為我執盞燈。

這本書的封面由我女兒罵罵號手繪，圖中的四個人物由右至左分別是我（因為頭髮半長不短所以頭上總紮個小馬尾），右二是我的外婆（一直都維持豐腴體態與短捲髮），我和外婆之間很明顯有一坨在地板上的是小犬有春，左二很明顯是罵罵號本人（矮一截之外還有招牌兩個啾），最左邊的是我媽，罵罵說：「阿婆不喜歡穿裙子，所以是褲子裝。」在我們四人後方是彩虹，中間還有個大大的愛心。

罵罵號隨手畫出的這幅畫，似乎命定了我這本書的主軸，從外婆、我母親到我、到罵罵號，母性與親緣的連結，是我生命的基底。在外婆逝世之後，我彷彿是幅被強取走一塊的拼圖，再也不覺得完整。接下來如我計畫已久的離開公司、無預警的流產，但無論是意料中或不是，我都在嚴重的剝奪感中生活。

在寫作中漂流，像個孩子一樣地哭哭寫寫，我以為我的書會圍繞著「失去」而寫，但成書之後，我再也沒覺得自己失去了什麼。「行到水窮處，坐看雲起時」，唐朝詩人王維說，遇到人生的絕境或逆境，把一切放下，靜心看看周圍。我說，行到水窮處，就躺下來吧，躺下來也行的，離散的、聚合的，如同幽香冷冷冰冰的雲，在衣袖，在耳目，在心口。

過去的那些不會消失，累積今日之所以為你，往後的那些，還會有苦與甜。走累了，就不要那麼用力，躺下來也行，那些你覺得被剝奪的，其實從未失去。

這本書沒什麼驚心動魄的故事，僅有我自己生命裡行過的那些，每次校稿都感動得淚流滿面，看幾次哭幾次。謝謝這本書的讀者們，你們與我共享了黑暗中手捧的那顆星，希望這些「有春」，是有賰（ū tshun），生命裡剩下的那些，是surplus+，能陪你們走過生命中，無論暖春或寒冬。

這本書獻給我的外婆　黃四妹女士。（阿婆，在我書裡就不幫您冠夫姓了。）

目次

輯一、失愛妄想

輯二、罵號有時

輯三、聚散有時

輯四、自己的路

輯六、深海尋寶

1 失愛妄想

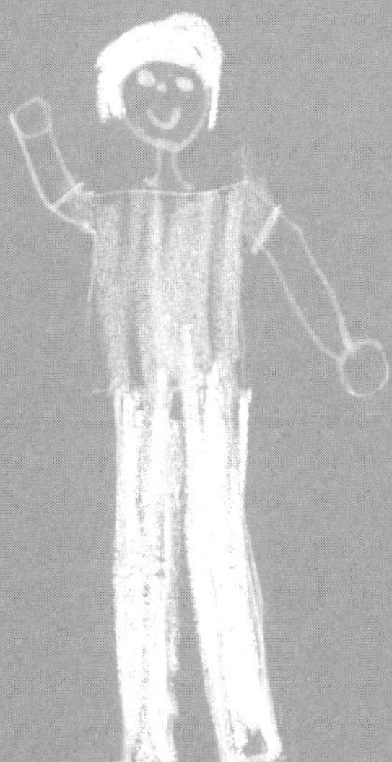

當你孤單你會想起誰？

二〇一二年四月《小日子》創刊。當時我還在鴻海工作，大部分時間在土城總部上班，總部裡除了員工餐廳，只有一間店，就是便利商店小7。我每天八點到公司，每天都不知道下班時間會是幾點。回憶起來，那段時間很少看到天光與黃昏，不太清楚當日的天氣是晴是雨，日復一日的長時工作，比較有趣的消遣就是去便利商店逛逛。

那間小7是我靈魂寄託的所在，它相較於市中心的小7是簡陋許多，但能夠看看商品的陳列、推陳出新的微波食物、隨著季節更換的販促，還是帶給我濃濃的生活感。當時，我的生活狀態跟《小日子》是兩個平行時空，我完全投入在工作裡，生活壓縮到極小值，沒有什麼過日子不日子可言，我的人生就是上班與在上班的路上。

回想起我和《小日子》雜誌相遇的第一天，距今已是八年多前，然而一切都像命中注定，歷歷在目。我記得我在那間小7架上看到它，擺在《MONEY》雜誌旁邊。我依然記得那天穿什麼衣服，這是我記憶力的一個特點，我記得我人生中每個特殊的一天，我穿了什麼衣服，以及當日的天氣是怎麼樣的。當天，我把《小日子》雜誌從架上取下來看，身穿深藍色厚帆布的鴻海工廠外套，下面搭一件彩度很高的花裙。

這一整套上下半身的不搭調，就像我在鴻海工作的那些日子，與我日後的發展一樣，不搭調，但又穿得自在。我的人生總是在不和諧、不搭調中，像駕著車行經顛簸的路那樣抖抖地往前過，雖然搖晃但都過了。一直往前迅速地過，不能說順利，但足夠越過窪坑。規矩與和諧，不是我人生中重要的事，有趣與挑戰才是。

一路走來很多人問我，《小日子》成功的祕訣是什麼？我會替換「成功」這個詞為「存續」或是「活躍」。該如何定義一個品牌成功呢？營收？利潤？影響力？或者以上皆是？我認為每一個存在市場上的品牌，都是當代精神文化的濃縮，及營運者與團隊的靈魂。以市場主流的定義，《小日子》或許不全然是成功，但它是一個活躍且有生命力的品牌。

營收、利潤固然是衡量品牌很重要的指標。有穩健的利潤結構，品牌才能存活下去。這句話套用在任何生意上皆是如此，有穩健的利潤結構，工廠才能生存下去；有穩健的利潤結構，麵店才能生存下去等等。也就是說，有穩健的利潤建構，能夠支撐的是一門生意，但做成了一門生意絕不等於做成功了一個品牌。

每個品牌都是時代文化的縮影，每個品牌也都是品牌主持人所做千千萬萬的選擇的累積。好多年前歌手張棟樑有一首紅極一時的歌，叫作〈當你孤單你會想起誰〉。這首歌非常洗腦，聽過一次會在腦海中縈繞三天。副歌張棟樑用輕輕淡淡的嗓音重複唱著：「當你孤單～你會想起誰～」我想，對於消費者來說，這就是品牌生存的意義：「當你××時你會想起誰？」當你想喝咖啡時你會想起誰？當你想翻看一本有趣的雜誌時你會想起誰？當你想知道財經資訊時你會想起誰？

「你的快樂傷悲，只有我能體會，讓我再陪你走一回。」張棟樑是這麼唱的。品牌的魅力即在於此，你的需求品牌能夠回應。當你想要招喚什麼，這個品牌出現在你心裡。跟這個品牌互動，你不會失望，你覺得有趣，下次你還是會想到它。這是品牌的心占率，也是能夠存續的魅力。

當日在小7與《小日子》相遇的我，捨棄了當時我工作需要閱讀的科技與理財雜誌，直覺地買了它。說不出具體的原因，前所未見的排版風格、獨樹一格的雜誌名稱，讓我從雜誌架上取下來，封面標題是：〈我們喜歡吃早餐〉。還記得我心裡大喊**我的天啊，真是一個超廢的標題，早餐有什麼好研究的，什麼我們？我們是誰啊？你在跟誰講話？真的超廢**。我在心裡迴盪了一百次「廢」以後，還是掏錢買了。

這就是吸引力，也是所謂的品牌魅力。明明知道或許無用、或許頹廢、或許與主流不合，但你就是喜歡。凡所謂的美，問問自己的心，你說是就是了，不用管他人怎麼想。電影〈一代宗師〉裡面有一句臺詞：「人世間所有的相遇，都是久別重逢。」人生中，沒有一個相遇是偶然的，什麼樣的品牌吸引什麼樣屬性的消費者，就像我和《小日子》也是，它的存在注定吸引了我。吸引力所引發的熱情，是往後在創業路上最大的動力。

伴走的人

創業翻船與否的關鍵，很大因素來自於創業夥伴。夥伴，精髓在於一起伴走，並肩而行，走得好是陪伴，走不好變成絆腳石。有些人獨自創業，恭喜你，省掉與夥伴磨合的坎坷過程，但也辛苦你了，所有的挫折、孤獨寂寞與壓力，必須一人承擔。人人都說，創業是一條孤獨的路，確實如此。我是一個慣於獨立作業的人，但孤僻如我，仍然覺得創業之路難行，有人可以爭吵、平衡意見、一起煩惱，好過自駛獨木舟航行於茫茫大海之中。

我的夥伴是我大學學長，我與他自年少相識至今已十餘年，一起工作後架不知道吵了幾回。倒不是針鋒相對劍拔弩張的那種，但意見不合總是有。會走上創業的路，誰不是滿肚子抱負和想法，爭論是常態，太順利才讓我覺得有點詭異。有很多想法，在那個時間點相持不下，我們都不是會示弱的人。事過境遷之後回頭看，總覺得雙方講的各有道理，也各有缺陷，這是夥伴的好處，可以讓你把事情看得更通透。

學長並非出身大富大貴之家，也沒有從天而降的財富，所謂白手起家、天生創業家頭腦，說的就是他這一型的人。出身在桃園農家，小時候還一度被老師認為是學習遲緩。學長在我還在鴻海工作的期間，已在其他行業創業成功，至今事業仍興隆地運轉著。面對面跟他講話，你不會覺得他是個老闆，總是叼根菸，沒事的時候就在打電動。天馬行空的跳躍思考邏輯，與縝密執行、有時過於小心的我形成強烈對比。

point——做喜歡的決定？還是做不喜歡但應該要做的決定？

身邊創業的朋友們，有各種創業夥伴組合的類型，像品牌「印花樂」是三人女子組合，她們總戲稱自己是「大稻埕的S.H.E」。品牌「物外設計」是雙人男子組合，被我封為「臺灣最帥男子設計師偶像天團」。品牌「厝內」及「茶籽堂」都是由夫妻身兼創業夥伴。無關性別排列組合，說起跟夥伴的磨合與甘苦，大家都有一拖車心得可以分享。

二〇一九年我和學長在策略的選擇上出現嚴重的分歧。《小日子》在轉型的過程當中，面臨過大大小小的決策點。創業之路上的選擇，每一個決策考量的面向眾多，像是商業化的程度、成本與景氣、市場的喜好、價值觀的呈現等等。現實的眼光來看，中小型企業不比大型企業的體質，常常一個決策的錯誤，會導致衝擊不小的創傷，甚至拖累整個團隊。

當時的狀況，大概是諸多決策上的相異。從開始接手《小日子》的營運以來，過了將近五年，我們從確立品牌化的路線、到逐步著手品牌轉型、開設實體店、發展自有商品等等，一路走來不能說沒有分歧，但從沒有像二〇一九年那麼劇烈。五年，大概是另一個里程碑的開始，也是品牌化的臨界點。

臨界點是什麼意思呢？凡是一個新鮮的品牌風格出現在市場上，三到五年間，消費者會覺得有趣，這是一段極短的蜜月期，或許比三到五年更短。市場確實殘酷，要麼改變，要麼死亡，消費者天生有資格喜新厭舊，做品牌有責任和義務端出更有趣的內容。《小日子》也走到了這一階段，品牌是有機體，就像明星出道了五年，即便是文青界最受歡迎的陳綺貞或盧廣仲，隨著時間過去，作品皆呈現出歲月的洗練與成熟感，《小日子》不可能拒絕長大。

point——人心永遠不變的，就是一直在變

還記得當時的我痛苦異常，對於我這位一起打仗很久的夥伴，說不上是不滿還是不服，總之是一種理不清的、極高的心理障礙。在專門報導商業的財經媒體裡常常可見合夥人翻臉的新聞。能夠一起走到最後是緣分，走到一半分手也是常態，「人」的因素，是創業中最困難的一個變因。

無論是夫妻、好友、家人的組合，只要加上「共同創業」這個因素，感情就會變得複雜微妙，有過這段經驗的人應都有所體會。人性很奇妙，多的是能夠共患難卻不能共享富貴，明明最艱困的日子才最考驗人性。草創或困頓的時期，因為互相扶持取暖而能夠忍讓，或又為了開拓戰場而無暇找對方的碴，到了稍微順境的時刻，對方的缺點卻放得好大好大，大到彷彿是陌生人。

那段與我夥伴時常扞格的時期，對我來說是一場難解的謎。我們一起參與

過彼此人生中許多重要的時光，一起解決過各形各狀的難題，怎麼走著走著，好像愈走愈遠了呢？我不停地回想著，他是什麼時候開始變成一個我不熟悉的人？

後來的我才懂，要指責夥伴不是不行，但重要的是，**一直檢討對方的同時，同樣的火力千萬別忘了同時砲口對自己**。我花了很多時間才釐清，在共同創業的這段期間，我亦慢慢地變化了，如同他一樣。那不是一朝一夕會察覺的事，一旦遇到重大事件，歧異顯而易見。我一直想著他怎麼變了？為什麼不了解我？但多數人如同當時的我，不會想到自己也在行走的路途中慢慢質變。

你確定你還走在當時你想走的路上嗎？

point——挑喜歡的人？還是一起打仗的人？

即使是每天同床共枕的夫妻，雙方的心意都有可能離散，一起創業的夥伴，又怎麼可能用永恆不變的模式相處呢？面對事業途中的大小事件、結交的業界人士、帶過的員工等等，都有可能對創業者本身產生影響。創業途中唯一不變的，就是每天都在變化。變化不可怕，可怕的是，一起走的人，是否還朝著同一個方向？

與夥伴諸多齟齬的那年，四處取經，聽了很多朋友的心得，得出兩個重要的結論：

一、天底下沒有創業夥伴對另外一方完全滿意的，只要一起闖事業，總有合拍與不合拍的地方，摩擦乃轉動之常態，關鍵是如何處理摩擦。

二、只要彼此志業相投，目標不變，無論你們是好友、夫妻還是家人，對彼此的情緒和喜好都該放低處理，才是專業表現。NBA各球隊裡，大牌球員看對方不順眼的新聞時有所聞，這些互罵是球迷茶餘飯後的垃圾話來源。但再怎麼不爽對方的球員，上了場也不會給自己隊友拐子，因為他們的目標一致：贏球。

除了合夥人，職場上還有各形各色伴走的人，直屬主管、同一個專案的同事、對口的協力廠商、外包的合作團隊等等，關係或近或遠，都會在工作的軌跡中產生力量，有些是助力，有些是阻力，最糟的甚至變成業力。

面對種種伴走的人，就如同馬拉松的陪跑者或配速員，他們的存在是重要的，但更重要的仍是檢視自己，體力還好嗎？心理素質還好嗎？什麼地方改變了嗎？能清明的盤點自己，才有力氣跟夥伴溝通。專注自己，也拿出誠意相伴，有時跑著跑著就抵達目的地，若發現自己或夥伴不行了也別硬撐，不卑不亢，帶著溫柔放開彼此走上不同的路。這是在工作途中漸漸蛻變成大人，刺痛但珍貴的一課。

原諒

近年，因為一些細故，與幾位好友沒來往了。說來這些細故真不足為外人道，不能說的原因不是因為有多私密，而是外人聽了不會覺得有什麼大不了，而局中的我和對方，卻都是怒火中燒或傷心欲絕。想來密友吵架是這麼一回事，箇中的刺痛只有當事雙方才能理解。

愈是親近愈是在意，不是一等密以上的密友，多半也不會因為對方而情緒波瀾起伏。這幾個朋友多半是學生時代就相知而往來，卻沒想到相伴這麼久，人到中年卻鬆手了，這讓我想到我和好友老王的故事，不過差別是我跟老王現在仍緊緊相繫。能說是與老王喜劇收場，與別人悲劇收場嗎？我想不是，人生的緣分有時候走著走著就散了，喜和悲不是非黑即白，留下更多的情緒應是惆悵。

我最好的朋友之一老王，是我的國中同學。我跟老王在國中班上相識第一天就確認了好友磁場，記得那個畫面是開學第一天，我們在走廊上排隊，老王排我前面，她轉過身來的那個當下，我心裡響起一陣愉快的輕音樂，這個女孩長得如此可愛！要成為好友，光靠可愛當然不夠，也說不出為什麼，跟老王在一起，我們兩個就是這麼快樂，一如我心中的那陣輕音樂。

高中的時候念不同校，我們託著補習班同學傳遞交換日記，陸陸續續寫了三年，上了大學以後仍然不同校，從大學開始到出社會前幾年，我時不時跑到她家去住，聊天可以聊上一整夜。直到某年，我們為了「細故」吵翻了。對，又是個不足為外人道的細故，就算認真追究起來，也算不出是非對錯的細故。我和老王為了此事沒有來往大概半年，還在臉書上解除好友。

現代好友斷絕往來的手續很繁瑣，不像古代人說不見面就不見了，要解除臉書、Instagram、twitter的關注，還有Google聯絡人的通訊系統等等，哪個渠道忘了清除，一不小心對方動態又飄入眼簾，難保不是一陣傷心。我對於吵架記得一清二楚，但已想不起是怎麼跟老王和好的，總之事隔半年，我們就是回到對方身邊了。

這中間的半年，常常想到老王。我希望她過不好，心裡飄過一陣微微的爽快，但爽快瞬間即逝，我還是希望她過得好，怨她不聽我的勸，怕她自顧自地做了決定以後換來不好的結果，一下子開心一下子憤怒。要不是這麼在意這個人，這萬般情緒該如何生成？我對我糾結的情緒不會感到驚訝，驚訝的是我解不開，無法擺脫。

現在想起來，能夠將友情破鏡重圓真是珍貴。吵架不一定能和好，往往和好了也還有芥蒂。我和老王都清楚地記得吵架的那件事，卻還是能夠心無芥蒂的往來，仔細想想，應該是建築在「彼此原諒」的基礎上。每段關係的破裂，都不會有全錯、全對的分野，相知日久，對錯更是盲目，要雙方都能夠站在夠了解對方的點上去體會與放下，關係才有延續的可能。

年輕氣盛的我總覺得感情要說放就放，愛情如此，友情亦然，哭哭啼啼的太不瀟灑。確實，失去了幾個密友的我，人生沒有什麼不同，一樣生活一樣工作，時間的齒輪，不因為失去了什麼而停下轉動。人近中年，對於瀟灑有不同的詮釋。世間的好事、壞事，其實說來極為相似，人生是從聚合到分崩，因緣生起到聚合的過程。外在的放下，說不上什麼灑脫，真實面對自己內心的情感及真誠地表達，反而是真瀟灑吧。

我承認自己對每段友情皆再三回顧，百般不捨，也認清很多事情已回不去。在多次的友情決裂裡，照見自己是個充滿缺陷又容易闖禍的人。隨著時間過去，這幾位已經從我生命中遠颺的友人，並不會變成不重要的人，而是生命裡的故事，是我逐漸能跟後悔以及破碎的自己共存的故事。

從選秀節目《超級星光大道》以踢館魔王之姿出道的新生代歌手閻奕格，因為特別的姓氏被起了一個綽號「閻羅王」，第一張出道專輯裡面有首歌就叫作〈閻羅王〉，由香港的天才創作人黃偉文作詞，唱著：「說了沒做的事，難道你不恨自己。」「早該做的事，別等我提你才著急。我在今夜三更，會來找你，如果我心情好，會改期。如果現在，要倉促離去，你有沒有沒說的我愛你。如果現在，要倉促離去，你還想對誰說，我原諒你。」

好多話想說沒說，好多人想見卻提不起勇氣見，日復一日，直到時間把痛感的皺摺熨平。或許說了也不能破鏡重圓，或許做過的事情覆水難收，或許再也無法心無芥蒂。人近中年，就算知道來日還長，但也明瞭人生的時間轉眼成空，還是想對那幾位密友說句，謝謝你我相伴，曾經行過人生大大小小美麗的片段，我愛你，請原諒我。

後記

寫完這篇文章的某天，提起勇氣傳給某位失去聯絡已久的好友，沒想要達成什麼目的，我只在訊息裡寫著：「你好嗎？我很想你。」我很想很想對她說，就只是說這些，我想你。我不怕她不理，我只怕我哪天突然離去，來不及說出口。

盯著銀幕上的已讀，心跳加速。過了一會兒，對方傳來：「我昨天剛好夢到你。你最近好嗎？」

可能無法親密如從前，但提出勇氣觸一下那扇緊閉的門，跨出去，將這些日子的碎片一一撿拾，縫縫補補。人生不完美，任何一段關係也是。在人生中這些黯淡無光的日子，鼓勵著自己，將這些碎片呵護在手中，如同暗夜中手捧一顆星。

秋刀魚的溫柔

我天生不愛吃海鮮，秋刀魚是少數可以接受的一種。秋刀魚的肉質有彈性，比較沒有腥味，如果用炙烤的，火候拿捏得當，會散發出一股「異於常魚」的香味，單吃好吃，配酒爽口，配飯開胃。我媽媽廚藝很好，以前一家四口還住在一起時，晚飯常有兩三條秋刀魚。

每次我上桌的時候，就會發現秋刀魚已經被大卸八塊，骨肉分離不說，魚肉比較深色的部分，還被遠遠地放在盤子另外一端。看到魚這副德性，總是讓我心裡微微不悅。當時的我揣測，肯定是誰在我之前先吃了魚吧，而且還吃得支離破碎，也不顧及後面用餐的人的心情。

後來我交往了一位很擅長吃魚的情人。該說他是擅長嗎？又或者因為有這份照顧我的心意，而有耐心去剔除魚骨。他知道我不愛吃魚，又容易把刺一起吞下去，每逢海鮮，總是細心幫我剔刺去骨。從來沒有看過這麼會吃魚的人，骨頭跟魚肉井然有序地分離，夾到我碗裡的是形狀完美的秋刀魚肉條，更厲害的是，盤子上又是另一番風景，魚骨完整保留，看起來簡直像拍照用的道具，肉是肉，骨還是完整的骨。比較不好吃的部位，他都自己吃了。

擅長吃魚的情人心細如髮，就如同他對秋刀魚去骨留肉的耐心。對於我的生活習慣觀察得無微不至，像是我有起床睡醒馬上喝溫水的習慣，交往一陣子之後，就發現他會先幫我把水裝進保溫瓶，不會太燙也不會太涼，是剛好適口的溫度，再默默把水瓶放在我習慣的位置。一起出去與朋友聚餐的時候，如果我喜歡的菜上桌，而我人又離席，他總能拿捏時機先幫我留一份，不搶快不落後，恰到好處的貼心。

擅長吃魚的情人，溫柔綿綿密密像臺北市的雨天，剛開始下雨覺得空氣清新，萬物滋潤，久了變日常，抬頭一看：「啊，又下雨啦。」對於雨的習慣是一種愚昧，不了解萬物能夠欣欣向榮是因為霖澤，只覺得「又」下雨啦，下雨是「應該」的吧，其實人生中沒有什麼溫情是自然、應該、活該要存在的。像我這種個性急躁、胸中如拽一只火爐的人，流連忘返於熱戀時的激情，碰到生活中的體貼卻不懂得珍惜、記憶。

溫柔與心細的一體兩面，就是憨慢跟溫吞。擅長吃魚的情人不善言詞，在一起的時候吐不出幾個字，沒有文采更不用說一般人的甜言蜜語，吵架的時候一面倒的屈居下風。像我這種靠文字跟一張嘴吃飯的人，對於語言的相信近乎執迷，覺得「不說出來就是沒有這樣想」、「無法回話就是心虛」、「沒有表態就是不夠愛」。其實會說出來的，不一定是真的；眼睛看到的、耳朵聽到的，往往是迷人但虛幻的，只是當時的我都不懂，捧著蜜糖般的話語奉為聖經，對於擅長吃魚的情人冷漠對待。

直到過了很多年我才發現，在我家餐桌上常常看到被拆解的魚，是我爸媽先把魚剝開了，大部分時間是我爸。終於有一次機會，我目睹他用筷子靈活的剝動著，剔除骨頭、然後把魚肉工整地剝除，深色且帶著苦味的肉置放在一旁，讓我輕鬆的吃著我喜歡的部位。雖然醫生都說深色肉富含營養，但爸爸仍然縱容著任性的我，只吃秋刀魚好吃的部分。

年紀長了一些才能感受，無論是爸媽或是擅長吃魚的情人，剔除魚骨的這份耐心，就是藏在日常生活裡的溫柔。長時間相伴在身邊的人，因著時間及生活的磨損，更容易忽略對方的好，或將對方為自己做的事情視為應該。但這世界上，沒有人對另外一個人的好是理所當然，情人如此，家人更是。

每份對著自己的善意，就是人生中最珍貴的東西，無論工作高低、無論世態炎涼，你是那個對方想好好對待的人，是有人想要好好疼惜的人。舌燦蓮花很容易，許下承諾在這個年頭，也不是值錢的東西。**文字與語言所展示的，是對方的能力，但不是對方能夠愛你的能力**。

回頭想想，擅長吃魚的情人在我提出分開的那刻，也沒說出任何動人的話讓我回心轉意，看著他淚如雨下緩緩說著：「我不想，真的不願意。」但沒有更令人心醉、心軟的情話了，這點真令我惱怒。我是個無可救藥的文字迷信者，沒有說出來的都不算數。現在覺得，說出來的又代表什麼呢？不說出來的那些，難道就感受不到了嗎？

羅蘭巴特在《戀人絮語》裡面說：「熱戀中的自我是一部熱情的機器，拚命製造符號，然後供自己消費。」又說：「我愛你。這一個具體情境不是指愛情表白，或海誓山盟，而是指愛的反覆呼喚本身。」愛情之生因為語言，滅也因為語言。我與擅長吃魚的情人的愛情，本身就緊密地鑲嵌在日常之中了，如同字裡行間的言外之意，要用心體會才能讀懂。只是當時的我怎樣也不能明白，「此情可待成追憶，只是當時已惘然」。

不應該是這樣的

前幾天重讀作家朋友張西的散文集《我還是會繼續釀梅子酒》，裡面有一篇〈不應該是這樣的〉，她寫到，做了一個備感壓力的惡夢，夢中的她因為被某個連環殺人兇手追殺所以一直逃，殺手向大家說張西和他是一對戀人。最後在一家小小的咖啡廳遇到殺手。問殺手為什麼緊追不放，殺手說：「因為你不肯聽我說。」

「愛不應該是這樣的。」張西寫道：「夢裡的我彷彿知道，若我不假裝愛他，下一個死的就會是我。就像是平常裡自己對某件事情不滿，正想要喊出『不應該是這樣』的時候，同時會知道，有另外一股力量會因為這樣抗拒而傷害自己。」

看著這篇文章標題與流露出的情緒，我覺得熟悉。這一年來我多次表示「不應該是這樣的」，對別人說，也對自己說。一開始是婉轉小聲的、暗示的，後來聲嘶力竭，生怕沒人聽到，再後來就真的沒人聽到了。到底情況應該是這樣的、或不應該是這樣的，這中間存在太多主客觀的認知問題，然而無論怎樣，我都在這從吶喊到無聲的過程中，遍體鱗傷。

家人在搬家的時候看了很多房子，最後因為各方條件考量選中一戶不甚理想的物件。沒錯，「不甚理想」是我想的，我覺得不理想，我覺得不適合，但可能就家人的主觀而言，具有很多隱性的優點和考量。我想，或許不用急在一時，可以多走走看看，於是說服了家人同意不要再往下斡旋，也對經紀人講了，請不要再往下談。

但在某日某刻，實在說不出哪個時間點，時間點已不重要，因為這中間的時間軸全被略過。我以為的說服，其實沒有說好，那戶房子就要簽約了。我心裡想：「不應該是這樣子的。」在想著的同時，我在Line上送出這句話，我問，我們不是已經取得共識了嗎？何以我又被略過？這個房子的存在，居住的情況，未來我也會被連帶影響，難道沒有人尊重我的意見？「不應該是這樣子的吧？」

外婆年初的時候與全家族一起歡聚農曆新年，爾後再一個月，身體狀況急轉直下，沒多久就離開了。我一下班便從高鐵站直奔回老家，剛站定，背包都還沒放下，就看著外婆嚥下最後一口氣，我眼前一片黑，心裡想著：「不應該是這樣子的。」不是才剛過年嗎？不是才剛發過給大家的紅包？那時候還有說有笑的，「不應該是這樣子的吧？」

一年來連續的大小片段，於公於私，家人的工作的身體的情緒的，眾多我所認定不應該轉為事實的，讓我開始懷疑，我所謂的應該，可能根本不存在。我感覺到的痛苦，是因為被「應該」綁架了。如同張西所言，大聲喊出的當下，同時會有另外一股力量傷害自己。

我覺得應該要怎麼樣做，我覺得應該要怎麼發展，我覺得應該要怎麼選擇……種種的自我認知跟價值觀，建構了我所謂的應該。然而世上或許沒有命定的應該。我覺得會發生的事，沒有發生，也只是剛好而已，因為我不是神，也不能主宰或控制命運。即使這樣的期待落空會讓人受傷，我還是選擇大聲說出來。

就算是黑白清楚、是非分明的選擇，也不一定「應該要發生」，這就是所謂的造化和命運。善的不一定會存在，惡的不一定會被消滅，努力不一定會成功，即使非常積極也不一定會好轉。所謂明眼人都看得出來不應該做的事情，在一連串的人為製造、偶然變化後，這件事或許還是會被做。說起來好抽象，但這就是我一年半載的生活，種種的失序與不應該。

回顧著這些時間來所留下的痕跡，文字、照片、言語，像是一頭紅眼的獸，掙扎困頓，曾經付出的一切似乎嘲笑著自己，我想要的、我覺得正確的無一發生，不僅跟外在的多種力量拉扯，還要跟內在的我拔河，說服自己慢慢接受現實的一切。發現自我認知的跟他人視角有巨大落差以後，剛開始覺得被排擠被忽略，後來覺得被置身事外。

漸漸的發現，這只是人和人的不同而已。回頭去看，當下那個五雷轟頂的自己，自我放得太大，大到無法看透這世界運轉自有道理，大到如同在夢中追殺張西的殺手，對著眾人大喊：「因為你不肯聽我說！」因為別人不肯聽我說，所以我在心裡到處追殺別人。我既是張西又是殺手，我把自己困在自己的局裡。實則，我只能做好自己的部分。不用覺得背負了別人的命運，也不用覺得需要討好誰而做決定。做決定的當下，只要做對得起自己良心的決定就好。

「再也不想努力了。」這個念頭某一天在我腦海中堅定地出場，就像男主角般的語氣大聲宣告，我不是想耍廢，而是不想再這麼用力了。大聲地宣揚自己的看法、強力的說服或主導哪個小宇宙裡的脈絡，事不如己意後，挫敗到無以復加，永遠覺得自己天生就不夠好，永遠覺得自己事情都做得不夠好。從小到大我們被教導勵志的故事，出了社會我一路賣力的逆流而上，好累啊，這樣真的是對的嗎。

不想再那麼用力了。

努力一定就有收穫、慘痛的失敗以後上天會補償你、人不可能會一直黯淡下去、否極一定會泰來喔……感覺應該要寫出這種激勵人心大家一起握拳大喊的句子。但是啊，事實上就是，人生不是這樣子的，就像我第一次流產完以後，以為下次小心一點就不會再失去了，就像我自以為對大家都好所以強力要主導買哪個房子，就像我算著最近好累下次等中秋節再回去陪外婆，沒想到沒有下次了，就像我在每個環節耗盡心力，但工作的方向還是跟我的心走遠了。不如意的事，沒有「經歷過就不會再發生」的護身符，不是任何一國可以研發的疫苗，是會一發再發的疾，與生命長相左右。

人生就像秉燭在暗夜中前行，磕磕碰碰，每個人都只能看到眼前的一尺，只有上天看得到全部。**看不到的漆黑不是因為世界放棄了你，是每個人的能力都只能看見自己而已**。放下執著，放開動不動就想要衝一波的蠻力，習慣無光，心安地過，不再豎耳聽著誰走得比我快。我還是那個想要有所貢獻的人，只是不再緊抓著什麼，不再把眼光放在別人身上，不再渴望他人眼光降臨，放下應該不應該，秉燭而行。

追著背影前進

在我其他文章〈我九〇年代的那位男孩〉裡曾經提到一位影響我很深的交往對象。至今仍覺得在那段感情裡，樹立了很多我對人生的憧憬及準則，譬如說，親近的人是否讓自己覺得可敬，是否覺得善良且正直，是否足夠激勵自己。在結束了感情多年以後，我彷彿追著他的背影前進，而這份追逐和敬佩，是我對自己的肯定，也是與別人來往時，隱隱流動的力量。

對方是一位職業運動員，我們交往橫跨了我學生時期到剛出社會工作。那是段極為青澀且搖擺不定的時期，找不到核心價值，每天都橫衝直撞。我的第一份工作是在《蘋果日報》當財經記者，記者的工作性質很特別，大部分時間都是一個人作戰，碰到難題常沒人指引，靠自己摸索。我一開始非常想要表現，積極地接洽所有採訪對象、負責的領域裡每間公司都去聯絡，不太確定是不是我負責的，我也去聯絡，結果有一天就踩到雷。

同公司的前輩打電話給我，劈頭就是一陣罵：「你為什麼跟××公司說以後是你負責？」「你打招呼前有先問過我嗎？」「當我是空氣啊！」我這才知道我踏到她的領域了，但我不知道有這麼嚴重。連番的道歉，加上心裡的挫折感大噴發。我想要表現，我很努力，或許是白目，但是我沒有惡意啊。

晚上跟那位交往對象通電話，當時還沒有Line跟FB messenger，網路電話通訊品質斷斷續續，即使如此，他還是能感覺出在空格與空格中間的我很喪氣，就問：「發生什麼事了啊？」我忖了一下，覺得我和他的專業領域、成長背景差太多了，講出來他多半也聽不懂，不打算花時間對他說。「講講看嘛，不講怎麼知道我懂不懂。」想想也是，他聽得懂也好聽不懂也罷，「說出來」本身就是療癒。

我輕描淡寫地講著，跑新聞的壓力如何如何，每天被其它報社資深的前輩漏新聞，然後同一個報社的同事和前輩又沒有團隊的感覺，力求表現還要被罵等等。說的大概都是些未經消化的資訊，一股腦兒地吐出來。聽著他在電話那頭「嗯，嗯嗯」的回應，猜想可能是聽不懂吧，唉算了這不是我早預期到了嗎，他能這麼有耐心地聽我說已經不錯了。

待我整團資訊像爛泥一樣丟過去，他沉默了一下，回應我說：「不知道我有沒有完全聽懂你的意思，不過……」在他講這個「不過～」拖長音的時候，我的注意力飄開了幾秒，覺得自己講完就是結束了，他竟然還有得回應，挺煞有其事的，「不過，我還是有些想法想說說看。」

「就像球隊上，打同樣位置的人，一定會有好幾個，球隊的管理者跟公司不可能把賭注都壓在你身上。雖然我以前打球是興趣，但打球一旦變成工作，其實就是有些殘酷了。今天沒打好，改天就換別人上來，甚至當天就換別人上場。自己要競爭的，不只是敵隊，還有自己隊上的。」

「所謂同一個球隊，或是同一個團隊，其實每個人之間都還是保持著競爭關係。就跟你的工作差不多吧，或許有些人是比較嚴厲一點，但沒有前輩照顧你本來就是自然的事情，有人願意帶你，就算是額外賺到了。」他話講到這邊，我驚訝地發現他完全聽懂了，並且用比我成熟且通透許多的方式在看職場人際。老實說，雖然認識他幾年了，但外界那種以為運動員頭腦比較簡單的偏見，還是時不時會浮現在腦海裡。

「原來不是團隊喔，這樣不會很孤單嗎？」那時才剛出社會第一年，我反問了個幼稚的問題，他笑笑說：「**工作本來就是孤單的啊，生活也是，自己對自己負責就好**。」

對於天差地遠的專業範圍，有耐心地聆聽及理解；永遠在工作上保持著高度警戒的競爭意識；將孤單與自我負責劃上等號，把孤單這個詞化為一種積極的態度。他的處世哲學，像是一錘定音那樣落在我心上。扣除掉愛情，他是個令我尊敬的人。爾後在朋友愛人或是工作夥伴的選擇上，也一直含有這個隱形的原則：令我感到敬佩。

在職場上滾了好多圈又翻了好幾年，現在的我早已不會把孤單挫折、被別人以負面情緒對待當作一回事，這些都是小事，自己有沒有好好地做，自己有沒有做到真正想做的程度，這才是大事。

在某些猶豫掙扎、輾轉反側的時刻，常常會想到他一路走來是怎麼堅持，就算是最黑暗、低潮的時刻，那些沒有人關注與陪伴的日子，他仍一如往常。出了社會好幾年，才知道這個一如往常的一如有多難，不因境遇而動心，不看不需要看的，始終走著該走的路。我就像這樣子，一直追著他的背影前進，就算我們在人生中早已無聯繫。

朋友和愛人一定有互相吸引的地方，才會來往。能夠持續下去的，或許是那些別人有而我缺少的部分，那些別人比較強壯而我比較虛弱的部分，或是一些平凡無奇的特質，但因為別人總是那麼堅持著，所以就成為偉大的事了。

愛了一個薛西弗斯

喝什麼？他坐下來用一貫熟悉的語氣問，連招呼都不必打。是啊，那麼多日子的來回拉扯，我們幾乎把對方翻過來輾過去剪開來再劃上幾筆，裡裡外外看過了幾回。最後再努力縫補，但那個縫補也只是我們以為的縫補，其實什麼都補不了。我們是最熟悉的陌生人，不必問要喝什麼，什麼都不必問。

眼前的他，比那幾年的他，看起來略微不同，哪裡不同，說不上來，但我確切地知道已經不一樣。「你一切都好嗎？」分開的這幾年，我的開場白總是從這裡切入，絕非客套，真心想問。他說著工作：「都老樣子啊。」他對於工作總是認分且認真，工作對他來說是一個避世所，在那裡，只要固定的努力就可以獲得不失望的反饋，還可以結識一些言不及義的朋友，一起在黑夜的街上裡浪流連。

我們對望，聊起那幾年。就像大家說的，時間是治癒一切的良藥，只是對於我們，還稱不上治癒，頂多就是沒有再發作。那幾年我們以愛之名的勒索，搞得兩敗俱傷，不，是三敗俱傷，還有另外一個從來沒被我放進劇情假裝忽視但真實存在的主角。

「你的伴呢？」我問。他的那個伴，十幾年前我曾多努力希望她會消失，但依舊存在。他口中那個他亟欲逃脫、但一直好好待著的那個她身邊，也是「老樣子啊」。相識的時候我知道他有伴，就如同所有連續劇中的配角，我等著他切開那段，再牽起我的手。他好像有切，好像切得很努力，但就像mozzarella起司，切開pizza以後還是牽著長長的絲。他們的關係或許也跟mozzarella與pizza一樣不可或缺，少了牽絲的pizza不是pizza，不再美味。

個性大為相異的我與他，就像庖丁遇到牛，這比喻一點也不浪漫啊，但確實我好像很了解他，又能再度將他創作。我彷彿肢解了他，他的壓抑自持和內在瘋狂的反差讓我好奇又迷戀。放縱又不顧後果的我像是打開了他的封印，他這麼說。

我把自己放上天秤的兩端像砝碼那樣稱，另外一端是他的伴，我不知道要多放些什麼才能贏過另外一端，怎麼算我都拿不出多的籌碼，因為我已經全部放上去了，就算全部梭哈也沒有勝算。好幾次站在深夜的臺北街頭等他，下過雨的柏油馬路面亮晃晃的，映照著天邊躲在雲層後面的月，然後我一再承諾自己，這是最後一次了。再一次，最後一次，又一次，然後又再一次。

「這樣深的夜／下過雨的街／連星光就要熄滅／你赴的是怎樣的約」

我把自己放進了不屬於我的劇本，放進了一個悲劇角色，配上的主題曲是林憶蓮的〈誘惑的街〉。有點老派的歌，不過，幾千年來愛情都是老派的，沒有所謂創新的愛情。鮮少人走得出愛的套路，就算你知道你是第三者，免不了拉扯一番，免不了以為自己是最被愛的那一個。

如果今天不是這個局面，我們還會相愛嗎？我想會吧。我一直相信，我們是兩個相遇不逢時的人。最後一次見面，他拿給我一張拍立得，是他拍看到的短篇詩集，上面寫著：「每過五年我就重新想起我們能不能在一起／重新定義什麼是愛情／再搬一次家、再一次／平靜地喝完伏特加／把瓶子砸掉／也許下次吧，再過五年／等你變成單親媽媽，我變成酒商／或是你變成管理員，我變成狼」。

然後他談起了他的新對象。在他的伴之外，他有了新對象。我是開啟他封印之後，平行線的第一個交往對象，在我之後，還有一個，然後，還有一個。我開的是什麼封印？原本的他嗎？還是通往另外一個世界的通道？我不知道，或許只有他自己知道。我訥訥地問：「那她知道嗎？」那個曾經與我在同一個天秤上，對面的她。不知道為什麼這個問題脫口而出，這是我該、我可以關心的問題嗎？

「她知道。」他說，她發現了。畫面像跳針一樣重複了又重複，她一樣心碎崩潰，幾番撕扯之後，她還是沒有要分開。「但不知道為什麼，在她心中，平行對象的另外一個一直是你，但其實已經是別人了。」他看著我說：「但我心中也覺得是你，或是還在你的故事裡。」

擁抱之後分別，別過身去，他回去那個依然同一個人在等他的地方，我回到我的人生裡，沒有誰變成管理員變成狼或變成酒商，我們只是在各自設定的故事裡，繼續的往前跑著、笑著哭著。天秤上的砝碼，不是誰大聲喊多放一些就會變重，也沒有誰該被放上，不管是過去，或是現在。我切切地想著，一心說著我解開封印的他，這幾年重複輪迴的他，愛上的是我、另一個她，還是再另一個她？我們或許不是愛不逢時，或許他愛的是他心中的薛西弗斯，永無止盡又徒勞，但用盡全力的自己。

愛的形狀

仔細想想我是有喜歡過她，可能是幾個她。

要說是出櫃，也不是，沒有櫃子的存在，就不用出來了。喜歡男人或是喜歡女人，沒有人問，我沒有特別講，後來就結婚了。已婚後被歸類為百分之百的異性戀，那是社會的分類方法，但不是我的分類方法。不過講到出櫃，我大概可以想像，如果我爸媽正在讀這篇文章，該尖叫地請他們把書闔上呢，還是為他們的努力讀完拍拍手呢？別人是什麼反應，二十幾歲的我或許會在意，快要四十歲的我已經不在意了。人要把自己照顧好，已經夠難了哪。

某次和很好的朋友聊起這件事，好友瞪大眼睛問我：「你怎麼知道你喜歡她？」還沒等我回話，又驚訝地追問：「那你又怎麼知道你喜歡過那個她？」上述兩個問句分別問不同對象，但重點都是問女性沒錯。我怎麼會知道啊，我也不知道耶。那我說我喜歡哪個男人的時候，怎麼會沒有人問我如何知道自己喜歡那個男人？喜歡跟討厭一個人，自己會不清楚嗎？

「還是你把友情誤會成愛情啊？」好友又問我。在外人的眼中，友情是否跟愛情靠得很近，就像是住在隔壁的鄰居？但在我心裡，友情和愛情住得很遠，沒有誤會的空間。一種怦然心動，一種思念，一種想要親近，愛情是一種長久的病，滲入骨子血液裡，上述哪一種感覺會出現在友情裡面？就算我剪剪貼貼，友情也不會出現愛情的形狀。

愛情的本質是一種透明，隨著對象慢慢變化。然而無論愛情的對象是誰，本質都是純粹的美，這點我深信不疑。一個牽掛與一份心意，一些眼淚與一些占有欲。喜歡對方笑的樣子，在人群中可以一眼看見，喜歡對方不可言述的小細節。喜歡到一直看著對方，但又喜歡到無法正視。喜歡到想要知道更多，又喜歡到怕知道更多以後會傷心，怕對方傷了你的心。

我說不出愛情發生在男人和女人身上的差別，愛的生滅，無關性別。我愛上了這個人，而他剛好是男人；我愛上了這個人，而她剛好是女人。

某日好友相聚，聊到婚姻平權的通過。好友 a 說，這是別人的事，別人要怎樣不關我的事噢，其他人高興就好了。我跟 b 聽了點點頭。a 又補充，但你們會不會覺得如果同志成家的愈來愈多？同志的人數會愈變愈多？然後他們又不生小孩，下一代會愈來愈少啊？

對於在與我年紀相近的好友裡，聽到這樣的論述，我感到驚訝。b費盡唇舌地解釋，就算同志可以結婚了，會去跟同志結婚的原本就是同志啦，不會鼓勵到不是同志的人變成同志，不會生的就不會生了，跟是不是同志無關。a又說，但他本來可能兩邊都可以選，然後現在同志可以成家了，他就選去跟同性伴侶結婚啦，不選異性戀，這樣就又消滅了一個可以生小孩的機會。

b的眉頭皺緊到可以夾死蚊子，說：「那如果他原本兩邊性別都會愛，他又選擇了同性伴侶，那就代表他比較喜歡同性伴侶，那是他的真愛。」我也忍不住跟著問：「兩邊都可以喜歡，可是為了結婚生子而跟女人在一起，這樣會比較幸福嗎？」

「最愛的才是好的，無論怎麼樣。」陷入沉默的餐桌上，我忍不住補充了這句：「無論有什麼責任和框架要履行，走比較愛的那條路才是幸福的。」我像是覺得a失去聽力一樣，對著他的臉一字一句地慢慢說，還附帶刻意的嘴形。

別人的愛情是什麼形狀，我不知道，我無法具體說明誰為何喜歡誰，誰又為什麼不愛而改愛了誰，因為那是別人的事，我能理解的只有自己的事，而我需要傾一生之力了解的，也只有我自己的事。生而為人，了解自己已夠困難，何苦再分神追究別人？即使我不理解，我也深深相信每個人的愛情都美麗，因為那是拿靈魂追尋靈魂，靈魂交換靈魂，人生中最純粹的部分。

英國女作家吳爾芙（Virginia Wolf）的經典之作《歐蘭朵》（*Orlando*），被譽為跨越世代的經典情書及性別流動史詩。書中的主角歐蘭朵是設定在十六世紀的貴族，因其出眾的風姿深受伊麗莎白女王的喜愛，歐蘭朵每經過一段難關，就會在長長的睡眠中醒來，轉換身分也轉換性別，愛上不同性別的人，飽受得到與失去的流離之苦。

《歐蘭朵》的人物原型是吳爾芙真實人生中來往多年的同性情人維塔（Vita）。兩人往返的情書後來還被出版成《*The Letters of Vita Sackville-West and Virginia*

Woolf》，裡面有一段維塔寫信來：「I just miss you, in a quite simple desperate human way.」是這麼直白、清澈而透明，quite simple desperate human way，一種人類對人類的感情，那孤注一擲又自然的方式。書中又再寫道：「Don’t mind being as miserable as you like with me - I have a great turn that way myself-[VW]」

可悲或可笑，可愛或可惡，都只有自己會知道、自己能看到，那是用靈魂煉出來的，愛情的形狀。

2 罵號有時

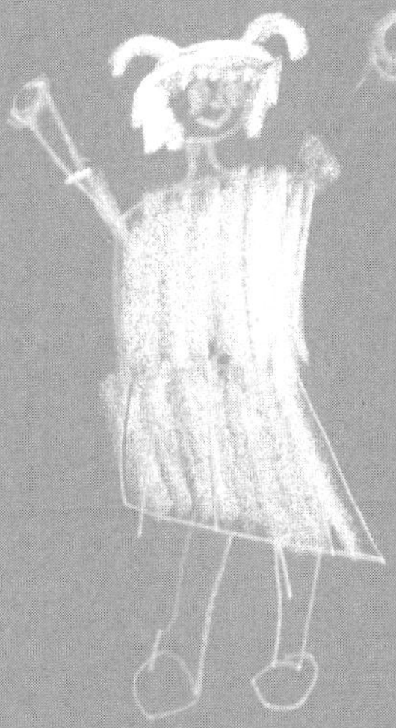

我可以跟你一起玩嗎？

Hi 罵罵：

　　今天陪你去公園的時候，看到你賣力交朋友：「我可以跟你一起玩嗎？」「我可以跟你玩嗎？」「我可以跟你一起玩嗎？」你小小的身影穿梭在小朋友之中，怯生生地問著不同的對象，被拒絕了，又問下一個。

我計算過，每到一個公園，你大概會問至少三次，三次是個殘酷的平均數字，被拒絕三次以後你會交到一個新的朋友，運氣好的時候不用三次，運氣不好的時候你可能會問上五次、六次，然後你會選擇跟我一起玩，或是自己默默地跑來跑去。

這是獨生子女的宿命吧。當別的小朋友與兄弟姊妹一起結伴到公園時，你通常都是跟我或是你爸爸。其實我和你爸爸都很樂意陪你一起玩耍，但我們明白，差不多年紀的小孩玩伴還是比較有趣。逐漸長大的你，最近漸漸明瞭這件事了，最近一次去公園，看著你沮喪的小臉，我說：「不要難過嘛，媽媽是你的朋友啊。」

你看著我說：「我很喜歡媽媽，可是媽媽就是媽媽呀，媽媽不是朋友。」

不只是獨生女，你連堂表兄弟姊妹也沒有，我們往外擴散一層的小家族裡，只有你一個孩子。正因如此，你非常習慣必須去主動拓展交友圈，也很習慣被拒絕。兩歲的你，會要求我去幫你問其他小朋友可否一起玩。三歲的你，已經可以牽著我的手過去開口問，然而一旦被拒絕，總是小嘴一癟，眼淚就流下來了。

「媽媽，他們不喜歡我。」

「媽媽，他們不想跟我一起玩。」

強悍性格如我，你的淚眼卻是我人生中最大的弱點。為了止住你的眼淚，我願意為你披荊斬棘。但我知道，媽媽不能這樣。

「沒關係，總是會有人不喜歡你啊。」

「沒關係，我們可以自己玩。」

沒有手足的你，看似注定孤獨一生。每每看到你為了交不到朋友流淚，就讓我心疼不已。我自責著當初怎麼沒有多生一個小孩呢？為什麼我和你爸爸的兄弟姊妹也沒有孩子呢？

你知道嗎？孤單是一件很奇妙的事，現在的你或許不能懂，未來的你一定能體會，每個人都是孤單的。孤單不是寂寞，孤單多出了更多的可能。你的手足、你的另一半、你的好友都無法確保你的人生一定飽滿幸福，但你自己可以。

真是抱歉，讓你在這麼稚嫩的時期，就得學會面對孤獨與回絕。媽媽走在自己的生命裡，花了好長的時間好多力氣，才學會如何與自己好好相處，靜心傾聽自己的聲音，把自己擺在第一位，不需要仰賴任何人，也不為任何人而活。

媽媽也是花了好多眼淚，才接受別人的否定不是負面攻擊，每個人都是獨立個體，別人有很多可能影響他的狀況，而做出不同的決定。或許說起來有點刺痛，但是，被拒絕才是人生的常態呢。現在沒有，不代表以後不會有，又或許一直都沒有，即使如此，你也從未失去什麼。

隨著你漸漸長大，掉眼淚的次數減少了，交不到朋友所傷心的時間，也縮短許多。這是一種滄桑嗎？還是一種堅強？人生就是如此吧，你學會面對那些迎面而來的，然後學會什麼時候該彎下腰，什麼時候該把臉捂住。然後也會學到，掉眼淚並不丟臉，自己一個人哭泣也並不可悲，你的笑、你的淚，都是屬於真實的你的人生一部分，好好感受那些痛與快樂。

眼淚是珍珠，笑容也是。人生中會交手的人多如過江之鯽，將你的痛和愛，眼淚與笑顏，留給你覺得值得的人。隨著時間過去，你的心將愈磨愈硬，長出一層死皮，遮蔽你對痛覺的感受。滄桑也好，堅強也罷，願你面對自己的時候永遠真誠，一如現在我眼前的你，一聲聲真心的探問。

我知道，同齡的小朋友比較有趣，媽媽不可能跟他們一樣那麼可愛，也無法像他們一樣接住你拋出來的每個無厘頭的哏，但你知道嗎，我是你的朋友，永遠的、最好的朋友。在你覺得痛的時候，不小心掉進暗無天日的坑裡的時候，記得喊我一聲，你回頭的時候，我都在。

幼兒界的愛恨情仇

Hi罵罵：

最近我們一起經歷了一件從你出生到現在，第一次碰到的事情。事情的開頭是我被同學b的爸爸約談。b爸爸說，你常常用手捏b的臉，b同學對此很害怕，希望我能夠去了解你為什麼會有這個行為，並且調整它。

無獨有偶，常常一起玩的同學a跟你和不來，前幾日在公園，你跟a兩個甚至扭打起來。b爸爸說他沒看到是誰先動手（關於這點，我倒是很確定是a先動手的）。b爸爸說a和你都是個性強勢的孩子，玩起來誰也不讓誰。b爸勸我有時候要引導你，偶爾退一步沒關係，這樣玩起來才會比較順利。

幼兒界的愛恨情仇，不一定會比大人間的簡單。困難點是像你們這樣的小孩子，轉述故事時常是一半而已，或是全由自己的觀點出發，聽起來很像高級的意識流文體，但對於大人來說卻多半是一團迷霧。

那就來說說我看到的狀況吧。

a不知從哪時開始，看你很不順眼。光我在公園肉眼親眼看到a慫恿大家不要跟你玩的次數，至少超過五次。我記得直到去年，你與a都還是能一起玩耍的朋友。在河濱公園遇到對方，大聲地呼喚對方名字向前奔去，手拉手地跑走。這些畫面很甜美也很清楚。

a是個好動活潑體能強的小女生，這點跟你很合拍，你們一樣跑得快、跳得高，遊樂設施的操作節奏一樣強大，玩起來樂趣十足。但你們的脾氣也一樣強大，遇事兩人都想做決定，吵起來轟轟烈烈，一下子就拳打腳踢，誰也不服誰。

剛開始覺得大概是幼兒間的糾紛，誰不要跟誰好誰要跟誰好也都一下子就好了，但至少這五次我親眼所見，同學a總是針對你。剛開始的沒什麼漸漸變成有什麼，我到了第三次以後才開始想，**這會不會是一種霸凌**？你的情緒偶會受影響，記得第一次這樣被排擠，你追著你的朋友們滿公園跑，但沒人要理你。

小孩子的情緒像上街遊行的民眾，被喊起來以後無法澆熄，沒人理的你邊跑邊哭，跑了幾圈就哭了幾圈，嗓子都啞了，最後我決定把你帶離現場。我們去逛逛麵包店，讓你挑了一個你最喜歡的口味。拿著麵包的你笑了，臉上還掛著剛剛的小淚珠。

被慫恿的同學有的會聽從，有的不會，排擠不是每次都成功。現在的你已經學會在這樣的境況自處，現在的我學會不主動幫你脫離現場，而是陪著你建立自處的模式。有時候你會自己玩，玩到累了我們就離開，有時候你會找我玩，玩著玩著慢慢地就會有同學靠近。

沒有團體活動，還有很多很多可能性。在家裡你很習慣自處，在外面你漸漸地摸清楚在群眾間自得其樂的狀態是什麼，雖然那模樣看起來既可愛又可憐。站在旁邊的我，確切地知道我不能總是幫你。我可以輕輕鬆鬆地帶你離開就好，或買一些拉風的玩具給你到公園吸引同學。但是，**人生不會有一雙大手一直抓你脫離泥濘。大部分時候，泥濘才是人生的常態。**

一件事情的發生總是有很多面向，我想，在眾大人眼中討喜的你，在孩子們眼中或許不是受歡迎的同學。強勢，意見多，很會講話也愛吵架，確實容易被討厭。我問你為什麼要去捏b的臉呢？你露出一臉無奈：「b都不跟我玩，尤其a在的時候，我不想要這樣。」「即使如此，你也不能動手動腳。」「我知道了。」你癟著嘴點點頭。

你很少對我提及同學a如何如何。唯有一次，你說在學校想大便，進去廁所脫了褲子，a領著同學b在外面狂敲門，你把褲子穿起來去向老師告狀，a和b就一溜煙地衝進廁所霸占。a還稱讚b做得好，但你不確定a的稱讚指的是不是這件事。

「不過我就不敢大便了，一直忍一直忍，回到家我就衝去大便，沒有大在褲子上。」你得意地笑了，這個忍了一天的大便我覺得真厲害。

今天睡前我再度與你聊了一下同學a，你說：「其實沒這麼重要。」為什麼？「還有其他同學，有同學會跟我玩。」我回想到很久以前我們曾經跟同學a一起出去吃飯，那天很開心，我問你說還記得那餐嗎？你說：「記得啊，不過是假的吧，她真的不喜歡我，但她爸爸媽媽也在，她可能要假裝喜歡我。」

被喜歡與被討厭，在人生中出現的比例，誰都說不準。人一向對被喜歡視為理所當然，對被討厭如芒刺在背，但這真的不重要。就像你說的，對方的喜歡與厭惡，真真假假如何確定？我覺得這兩種狀況都是常態，你就是你，就算萬人寵愛，你就只是那個你，有一天千帆過盡，你還是那個你，守著你的本來面目，好好生活，快樂生長。

人生可能會遇到無數個不喜歡你的人，願你一直保持這樣的鈍感力，遇事反省但豁達，對人心存善念。想改變是因為善與好，而不是為了討好誰。

你的朋友

Hi 罵罵：

最近邀你的朋友來家裡玩時，我發現一件有點詭異的事情，就是你很喜歡送朋友禮物。剛開始是送小貼紙小玩具，大家誇你大方，後來出手愈來愈狂野，玩具整組整組的送，娃娃們陸續被當成禮物離開家門。雖然都是你玩過的東西，但你的朋友們漸漸習慣被禮物款待，一進家門還會問你：「今天要送我們什麼？」

有一天，一位你很喜歡的同學來我們家作客，我在廚房忙著準備晚餐，聽到同學在你房間問你：「上次說要送我的全新的變形機器人在哪？」你回答：「我還沒找到，可能亂放了啦，我找一找。」同學積極地回：「我去問你媽媽，媽媽都知道玩具在哪裡。」你一把抓住同學說：「哎呀我媽媽不知道啦。」

一邊切菜的我一邊想，什麼變形機器人？我從來沒印象。對於家裡出現過的玩具，無論新的舊的，我倒是挺有自信能夠一一報出名字。等到同學離開後，我把你叫過來細問，盡量和顏悅色。果然，沒有這個全新的機器人。對於說這番話的動機，你倒也坦白大方：「我覺得送禮物他們都很高興，我想要他們更喜歡我。」

想要被喜歡是人之常情，友情、愛情、親情都是。我都活到這歲數了，還是渴望各種的喜歡，來自上司的稱讚、朋友的肯定、下屬的追隨甚或是陌生人的仰慕，想要被喜歡，一點都不丟臉，但是，你是用什麼方式獲得的呢？

獲得別人喜愛的方式有很多種，我直白的說，送禮應該是最「純樸」也最不需要的一種，如果對方因為收了禮而喜歡你，他究竟是喜歡禮物還是你呢？禮物出現最巧妙的時機，是對方需要、一點體貼而不貴重的心意，這會讓對方將你放在心裡，而不是將你的禮物放在心裡。

說到人際關係，我沒有什麼可引導你的。人際關係是我一生的結，也是我一生的負累，「人」這件事對我來說愁多於樂。在充滿陌生人的場合，我時常覺得害怕，我不善破冰且害怕尷尬，如果完全沒有人跟我講話而就這樣子結束了那個場合，我的自我感覺良好度會直線下降，像一朵壁花黏在牆壁上，壁花最後還枯萎了。我分不清楚我到底是想被注意還是不想被注意，但我能肯定的是，我很害怕被討厭，很害怕被漠視。這或許與我童年不快樂的回憶有關，我花了很多的時間在處理這個課題。

偏偏我一直做的都是需要跟人打交道的工作，從記者開始、公關、發言人、到經營媒體，我必須不斷不斷地認識人，做很多串連人的事情。年近四十，我不會說我是個受歡迎的人，但我相信沒有人會說我虛偽。大部分的時間，我都能把真正的自我與社會的自我做個平衡呈現。

從大公司離開，再進入另外一家大公司，爬到了看起來不錯的位置，又再離開，開始創業，媽媽我看起來似乎在工作上發展還算不錯，隨著我的生涯規劃，這個經歷即將要劃上句點。從一個很有資源的工作位置離開，一定會有些貌似朋友的人從此就不再是朋友，俗話說：「樹倒猢猻散。」每次從重要的位置離開，猢猻們就會一哄而散，但倘若我又在職場上站起來，猢猻們又會勉力地站到我的樹枝上，彷彿他們不曾離開過。

這樣的感覺我經歷好多次，我不介意被人掛掛樹枝站站樹頂摘幾片葉子，那代表我還有能力幫得了人，但他們不是我的朋友，這我很清楚。他們的追捧無法令我開心，他們的離去我無動於心。而在這些離散中，你終究可以看得清楚誰跟你緊緊相繫。

或許你會聽我說過，我在國中時被同班同學霸凌，同學在我桌上寫髒話倒垃圾等等。當時只有一個人站在我這邊，你知道那需要多大的勇氣嗎？因為我，她一起被推入霸凌的坑中，我還記得她倔強的看著我，說：「她們那樣是不對的！」大家都知道是不對的，但幾人有勇氣為我挺身而出？此生我們從此相伴，心靈從來沒有離開過對方。

要認識一堆人不難，但交朋友不容易。友情不是等價交換，不是銀貨兩訖的終生協議。有些曾經要好多年的朋友，也走著走著就散了，或許因為某些誤會，或許就是情分淡了。回首這些，當時的我就是最真實的我，曾經付出也時而受傷。真誠待人，有能力的時候多幫助別人。這世上風再大再狂，還是有幾根線會牢牢握在你手上的。

寂寞童心俱樂部

不知道這是不是臺灣史上曾經有過停課最久的紀錄呢？至少是我記憶所及、從小到大最長的一次。停課對兒童來說或許是件快樂的事，但不能出門玩就絕對不快樂了。需要上課的兒童只能跟隨著電腦作息，不用上課的兒童就跟著大人作息，無論哪一種都像是關在小小的籠子裡，從這個點移動到那個點。

大人對於感情的覺察比較纖細，「寂寞」、「孤單」、「想要崩潰」具體可言述，但在還沒變成大人之前又是什麼狀況呢？我五歲的女兒罵罵經歷了幾天自言自語的日子，早上起床第一件事是拖出積木箱開始排積木，晚上最後一件事仍然是排積木。雖然幫她排滿了活動，有時讀故事書有時看著影片跳舞，但積木玩了又玩，畫畫一張接一張，舞跳了又跳，還隨時有點心想吃就吃，但感覺得出來，情緒漸漸變得不同。

幼兒園的同學家長們在某日晚上約好一起上線開「視訊會議」，讓同學們久違地聊天。整場視訊裡我能聽懂的比例不超過一半，剩下一半我聽懂的也沒什麼建設性，不脫就是笑來笑去喊來喊去，互叫對方的名字然後一陣笑鬧，小動物般的互動。講完電話後，覺得罵罵的快樂指數升高了一些。

除了視訊同學會之外，罵罵剛好有一個好朋友就住在我們家樓下，好朋友偶爾會來串串門子。我們小心翼翼地在同一棟樓裡移動，戴上口罩搭電梯，進家門馬上用肥皂洗手噴酒精，我家兩人，再加上來訪的小女孩一人，怎樣都不會超過群聚限制，這大概是這陣子社交生活的極限了。小女孩回家後，罵罵總是崩潰大哭，以往罵罵從不會這樣。小孩無法說出的寂寞，約莫就是這樣吧。

外婆離世後，悲傷像一個巨大的漩渦將我捲入。自從捲進去以後，感覺自己窩在一個安靜的洞穴，世界對我來說只有兩種：裡面與外面。我變得很少理會外面的事情，很少開口講話。我不知道這樣封閉會不會比較好，但自然而然地就想這樣做，像受傷的動物躲起來舔舐傷口。

某日中午去家裡附近的越南麵館吃午餐，被同桌的越南阿姨搭話。阿姨搭話既親切又自然，讓不習慣跟陌生人講話的我順利打開談話開關。阿姨嫁來臺灣二十一年，中文講得超級好，一邊說河粉的精髓在湯頭，喝湯頭調得好不好就知道成敗，一邊又說起她的家鄉，說二十一年前在臺灣，什麼家鄉貨都要用寄的等好久，現在臺灣到處都有越南店超方便。我說，我去過越南好多次，胡志明河內會安峴港頭頓芽莊好多地方好多次喔，她聽了眼睛一亮，聽我分享著旅行的點滴。她離去前拍了我的手一下說：「我先回家去忙啦。」那語氣好像我們是認識很久的朋友。

最近在看《找到我的歸屬感》，這本書的作者是一個很另類的律師，內容講述她如何尋找她心中的歸屬感與認同感。裡面有一段分享與陌生人談話的化學作用：「我們不僅需要親密的人際關係，也需要更寬廣、更自在、而不用與人深入對談或密切分享的偶遇關係，近代這些更廣大的關係正消失中。」

與越南阿姨的偶遇、小女孩的來訪、小朋友的視訊聚會，大概就是這樣子的浪漫吧，讓人從洞穴中走出來一點點的感覺。人有時是不自覺窩進洞裡的，有時窩久了會以為裡面比較好，但其實是不知道怎麼出來。

廣為流傳、備受喜愛的歌曲〈What A Wonderful World〉，歌詞充滿溫馨美好的畫面感，裡面有一段：

The colors of the rainbow so pretty in the sky
Are also on the faces of people going by.
I see friends shaking hands saying how do you do.
They're really saying I love you.

抬頭看，天空上的彩虹，顏色多麼美麗。這樣的美麗，也出現在擦身而過的行人臉上。我看到朋友互相握手寒暄，互相問候著：「最近好嗎？」他們其實是真心地對彼此說著：「我愛你。」

以前聽到這段歌詞的時候，十分難以理解，就打個招呼吧，怎麼會與愛有關。但當我走入悲傷的洞穴中，當社會集體於疫情的憂鬱中陷落，我終於些微的理解，那些在人與人之間親切的流動，是如何的滋潤人心，閃閃發亮。

沒有比較就不知道珍貴，失去自由的時候才會發現日常的一切，都非理所當然。或許我們比想像中更需要別人？或許正向的人際互動帶給我們的助益，也比想像中更多。就算是小動物般的互動，或一個笑容，一句問候，凡此種種，都像破瓦中的花朵，說著：「這裡還有生命力喔，一起好好生活吧。」我才深刻地感覺，人都是依靠著他人的善意，才能好好活在這個世界上的。

你的樣子

Hi 罵罵：

有一天放學回來，你突然很堅決又帶著淚水對我說：「我不要留短頭髮了！」出生以來你都被我剪一個齊瀏海的鍋蓋頭，把你的圓臉襯得更圓，大家都說好可愛。我問你為什麼呢？你說，學校裡的某某說你是男生，你大聲辯解你不是，但某某堅持：「你看起來就像啊！而且你都穿男生的衣服。」

男生的衣服？身為你的服裝造型師兼採購總監，我想了想，沒有哥哥的你哪來男生的衣服可以接著穿啊？喔，原來沒有穿粉紅、蕾絲、公主圖案的衣服，會被歸類為男生的衣服？我不喜歡特別女性化的衣服，所以你的衣服我都照著自己的喜好買。圓點、條紋、吊帶褲、太陽與星星的圖案，頑皮又帶點大自然氣息的樣子，是你給我的感覺，所以我就幫你這樣買、這樣打扮。

不過，那只是我覺得而已。雖然是你的媽媽，但我不是你，你才會真的知道自己喜歡什麼。現在的你還不會發表意見，我偶爾偷渡自己的意見，以後的你要努力了解，勇敢說出。

就像你的同學，他覺得短髮和素面的衣服就是男生，那是他覺得而已。別人怎麼想，沒那麼重要，重要的是你怎麼看待自己？人生在世，「自我感覺良好」非常重要。你握著小拳頭，下定決心說你要開始留長髮，我說好，但我希望你是因為自己想留長，不是因為別人說你什麼。

留長髮吹頭髮時間很長喔，出門還要整理喔，跟現在的狀態很不一樣，我再三強調。而且你要留長頭髮是你的期待你的決定，我希望你學會自己吹頭髮，自己梳頭髮，不然你的美麗成本變成我的生活時間成本，媽媽我不想去負擔這件事情。

慢慢的，你學會自己洗頭髮，雖然常常洗不乾淨，需要我再洗第二次，但很怕水濺眼睛的你，這樣已經算很厲害了。再來你學會來用毛巾擦乾頭髮，現在連吹整造型都會了。我看見妳為了改變所付出的決心，這點令我很敬佩。

（上述文字寫於一年前，下面接續是現在的罵罵）

一年後的你就跟全球的兒童一樣，無法倖免於冰雪奇緣女主角兩姊妹的毒手之下，吃穿用全部讓Elsa（女主角名字）給包了。一年前那位頂著瓜皮頭蹦蹦跳跳的孩子，現在每日出門都要全身穿上粉紅色或粉藍色，再綁上長長的馬尾或辮子才能罷休。如果可以，我相信你會希望自己長出一頭白髮（也是跟Elsa一樣）。說實在，白雪公主或灰姑娘或美女與野獸也就算了，冰雪奇緣的周邊產品真的相對惱人，大量的亮片和粉晶，Elsa本人妝又十分濃，每次都想問你，她們到底好看在哪裡？

但是我沒問。我想起十多年前日本曾經流行109辣妹，泡泡襪、白眼線、染金髮、刻意曬成黝黑的膚色。我除了曬不了這麼黑之外，其他重點全都積極跟上了。泡泡襪一口氣買了幾十雙，每次在洗衣機裡纏來纏去就會被你外婆狂罵一頓。白眼線當年畫得可起勁了，現在回頭看當時的照片，覺得白色眼線非常像眼屎，每張照片都有，簡直就是萬年眼屎。究竟誰會覺得這種下眼瞼發著白光，如同白帶魚背上的銀線又像萬年眼屎的眼睛是好看的呢？

審美與流行就是一陣風潮起落，又立即一陣風潮席捲。潮起潮落，沒有停歇的一天。二〇〇〇年時平成歌姬橫掃亞洲，安室奈美惠的短裙細眉毛、濱崎步假睫毛層層疊疊到天邊的大眼妝，我都無法自拔地捲入了。翻看我過去的照片，好像每隔一陣子就會變一個人，當時主宰臺灣時尚的日本流行文化，也主宰了我那十年的長相。

回頭去看，不知花了多少錢在追逐這些皮相的更迭，我不會說我這樣是愚蠢的，在每次的模仿與追尋中我得到了屬於我的快樂，也得到了屬於我的彆扭。合適與不合適，都是試過才知道，絕少人一生下來就知道自己喜歡什麼樣子。不斷試和錯，是一種必須也是一種趣味。

年近四十的我還是喜歡改變造型，我不覺得人應該綁定在任何一種風格，我的風格就是我當下喜歡舒服覺得愉悅，我的「自我感覺良好」就好。你對自己的感覺都不良好，還有什麼心力要在意別人的感覺？

日劇《月薪嬌妻》特別篇裡面，男主角與女主角在為還未出生的孩子取名，他們決定取一個中性的名字，男主角說了一句：「畢竟也有人長大會想要改變性別的。」在我爸爸媽媽的時代，根本無法想像同性可以成家。在我們這個時代，性別多元的觀念與兩性地位的空間已經有大躍進。在你這代，我期待性別不再是個框架，不再是個正面或負面的標籤。

我的期待終究只是期待，如果大環境還是沒有變化得那麼迅速，至少我們自己的心理可以。去做你想嘗試的，去選擇那些讓你愉快、自在的，在找尋自己的這條路上，沒有人可以置喙。答案，只有你能給自己。

3 聚散有時

踏上旅程吧

外婆倒下那天，整個家族都迅速地回來了。我看著我同輩中年紀最小、今年還在讀大學的表弟，跪在床前握著外婆的手，哭得全身發抖，一邊用客家語說：「阿婆請你放心，我一定會好好照顧爸爸，我一定會好好照顧爸爸，會注意爸爸健康，過年過節不讓爸爸喝太多酒……」

外婆此生帶大將近四十個孩子，小表弟是外婆拉拔的最後一個。小表弟的爸爸也就是我的小舅，小時候患小兒痲痺症，導致終生行動不便。我媽回憶起那個年代，還沒有疫苗的小兒痲痺席捲了鄉村，這裡一個那裡一個，到處都有幼兒倒下。是某天的下午，在三合院中間玩耍的媽媽與兄弟姊妹們，看著小舅像跌倒般地坐下，就再也沒有站起來了。

外婆是一個心理素質極強的人，套句現代話來說，心臟非常大顆。帶著小舅四處求醫但沒有顯著成效，當下立即判斷，小舅必須念藥學專業，因為藥劑師的工作範圍不需大量走動，且小舅腦袋好記憶力強，外婆就此拍板決定小舅往這個方向全力發展。外婆的原則是小舅必須有個穩定且適合的職業，雖然行動不便，要能自給自足，絕不能成為別人的負累。

大家都說外婆強勢，但從結果論來看，這個態度似乎正確。同期間患病的人非常多，多數找不到像樣的工作，受限於身體條件，在農村裡能發展的工作更少。小舅從事藥劑師工作多年已退休，生活平穩，倒也沒什麼值得擔心的地方。只是天下父母心，外婆對小舅始終放心不下，嘴上不說，行動細節裡總是表露無遺。

對小舅如此，對小表弟也是。小舅四十幾歲高齡得子，因著這個得來不易的孩子，自育兒界引退多年的外婆再度復出帶小孩。小表弟是個長相可愛圓潤個性乖巧聰明的孩子，從小不太讓人費心，然而外婆對於小舅和小表弟的掛心是一脈相承的。小表弟考上清大的第一個假日，返家以後外婆不斷追問：「你在學校吃什麼？有好好吃飯嗎？」「上課要怎麼找位子坐？」聽表弟回答說大學上課是自由入座，外婆又憂慮地說：「這樣會不會沒有位子坐？能不能請學校在桌子上幫你寫上自己的名字？」

聽到外婆的種種發問，大家都笑了。外婆只有小學畢業，初中以後的學制她就不懂了，但吃得飽、上課要找到位子坐、要認真讀書，這倒是不用去過任何學校的她都堅持的真理。一日為父母，終生都是父母心。外婆帶大的近四十個孩子，每個都分得她溫柔慈悲的雨露均霑，但對每個孩子的面向皆不同。她知道我愛買東西愛花錢，總是問我工作的錢夠嗎？工作有存錢嗎？有沒有好好吃飯？要保持健康，要節省用度，要學會煮飯弄幾個菜，因為在家吃比較好外食太油，外婆的叮嚀都非常實際，數十年如一日。

我很少看到年輕男生哭成這樣，通常男孩們不輕言落淚。看著小表弟顫抖不止的背影，我知道小表弟非常理解外婆掛心的事情是什麼，即使小舅一直都過得很好，對於殘缺的么子的那份虧欠，始終刻在心底。站在一旁的我淚流滿面，好久沒有哭得這麼狼狽了。

為了外婆，大家族迅速的到齊了。因為人數眾多，平常我們總是分批回去，過年的時候，有些親人按照習俗要回娘家或回婆家，無法完全團聚。陣容最整齊的時候就是中秋烤肉，烤肉架一開是六爐，啤酒是一整櫃的買才夠。外婆總是搬一個籐椅坐在陽臺中間，居高臨下笑吟吟地看著我們的烤肉大會。

外婆倒下的那天，二表哥看著滿滿的家族成員，笑說：「都到了，要不要來烤肉。」大家都哭了，也又都笑了。人生終須一別，外婆此生的結束，是另一個旅程的開始。從此，她不再是誰的姊姊誰的老婆誰的母親誰的外婆誰的曾祖母，不再被身分束縛，不再需要冠夫姓等任何符號標示，不再被眾子眾孫所依賴羈絆。輕輕地離開擁有勞動一生厚厚的繭的肉身，外婆是個自由的靈魂了。

走上此途的最後一程，願外婆放下牽絆，心不顛倒，全然地迎接解脫樂。聽說晚輩一直哭，會讓人走得捨不得。與快哭瞎的我相比，用表哥這種清淡的心情，陪著外婆踏上另一個旅程，外婆比較捨得也比較自在吧。或許她又會拉一張藤椅，笑咪咪地看著我們。啟程吧外婆，踏上閃閃發亮的旅程。

記憶

一個人最早的記憶可以追溯到哪時呢？科學研究顯示，在母親的胎內就有片段在累積，然而人在成長過程中層層疊疊，胎內記憶能不能成功地被長大後的人腦招喚，那就是另一個故事了。我的舅舅林正修（或許其他領域的讀者對這個名字有些熟悉）說，他人生中最早的記憶是在苗栗的三合院裡，外婆用寬面布帶捆揹著襁褓中的他，一隻小腳從布袋中露出來，感覺到空氣的冷冽，耳朵聽到外婆用竹掃帚在打掃稻埕的聲音。「這是我人生中第一個記憶。」講這句話的時候，舅舅紅了眼眶。

襁褓中的記憶，那是好久好久以前了，聽著的我覺得神奇。我最早的記憶跟舅舅同一個地點，但位置不同。小時候的我被托養在苗栗外婆家，無數的畫面都在稻田及三合院中間轉換。三合院的正身門口中間架了一塊長方形小小的鐵板以連接正身與稻埕的高低差，如此一來，可以藉由鐵板將腳踏車和摩托車推上去，下來的時候也可以很方便地從鐵板直接滑下來。

那塊鐵板是我人生中的第一個記憶。炙熱的夏天，坐在鐵板上冰冰涼涼，還可以躲在正身屋簷的影子底下，這個畫面應是兩歲或三歲吧。安靜的午後，我跟表兄弟姊妹們像一窩猴子盤踞在鐵板四周，要牽車經過的大人必得給我們糾纏上一陣，要出門嗎，那買些東西回來吃吧，不然載我兜風兩圈，討價還價有時候成功，有時候只討來一頓罵。

在外婆最後的那段日子，有一天突然清醒，對著孩子孫子們談話興致大起。

外婆指著我姊說：「你最乖了。」又指著我說：「你最不乖，一生下來就不好好吃東西不好好睡覺，一直吃一直吐，你媽在臺北養你養一養受不了，送去高雄給你大阿姨養，大阿姨也不敢養又還給我。」說到「還給我」這三個字的時候，外婆的表情咬牙切齒又像是在笑，語氣還加重音強調。「還給我」這三個字好奇妙，像是我本來就該屬於苗栗，本來就該在三合院長大，卻在外面繞了一圈。

也是那天，外婆對著我姊姊說：「你剛出生的時候比老鼠還小。」我姊姊是早產兒，出生時狀況危險，護理師安慰我媽說：「你年輕，還能再生。」外婆坐著火車搖搖晃晃地從苗栗趕去臺北探望，一踏進家門，發現姊姊身上蓋著一塊大大的白紗被，外婆心裡一驚，想說該不會夭折了！強作鎮定地問：「有喝奶嗎？」爸爸回說：「剛喝過。」外婆一聽，整肚子火起來：「那你幹嘛給她全身蓋一塊白布。」「因為家裡蚊子很多我怕小孩被咬……」

白紗被事件過後，姊姊就被外婆帶回苗栗照顧。也是那天，外婆說著她每天如何輕輕地摸著姊姊還看得到血管的頭蓋骨，每天洗澡完輕緩地觸摸，像是按摩一樣。營養品每天一點點地滴入口中，養大了這個大家口中應該活不過的早產兒。那時候，我媽媽每兩周或隔月才回苗栗探視一次，「姊姊像氣球一樣愈吹愈大，簡直是奇蹟。」自己的小孩給自己的媽媽救活了，我媽每講一次讚歎一次。

也是那天，外婆看著圍繞在她床邊的表哥們，說起三位小男孩上幼兒園的事。大表哥、二表哥與三表哥歲數差不到一年，所以同一時期在苗栗入了幼兒園。三個都不肯上課吵著要回家，外婆就陪著三位讀了一周的課，吃了一周的點心。等到沒有人哭鬧了，外婆才正式從幼兒園畢業。

上了中班，大表哥參加跑步比賽得了第一名，獲頒發獎牌一只。沒有得名的二表哥與三表哥看到金光閃閃的獎牌羨慕不已，兩個小兒雖然知道自己技不如人，卻還是吵著要獎牌。外婆沿著長長的田埂路走回學校，難為情地問老師獎牌有多做幾個嗎？然後拿回了兩個，讓家裡兩位小兒滿意地笑了。

這不是時下流行的教育態度，比賽服輸是現代父母奉為圭臬的準則。外婆對於青春期孩子是個賞罰分明的人，唯獨對於嗷嗷小兒沒有辦法。聽到這些往事，床邊三位已為人父的表哥們都笑了。外婆自年輕到老都是福態的體型，每當她講起這些故事，我都能清楚地看見，圓圓的她緩緩地前進，去把早產兒姊姊接回家，帶著三個表哥去上幼兒園，又一個人在黃昏裡折返，用圓圓的笑臉向老師多要了獎牌，在田埂中慢慢走回家。

一個人的記憶體有多少呢？外婆的記憶體感覺無限大。外婆一生中親手帶大了將近四十個孩子，從孩子輩、孫子輩到曾孫輩，一樣的布揹帶、三合院、稻埕、幼兒園。到外婆的最後幾天，她講起這些故事仍然是活靈活現，老三的故事絕對不會跟老六搞混，十三跟十七的喜好即使相似，也說得出差異，外婆的記憶庫分門別類，比我工作的雲端大數據還要縝密。我們堆疊出了她的人生，她的身影刻在我們每個人記憶裡的最底層。

醃木瓜的滋味

我的外婆是一個全能女性，自年輕時掌廚持家，帶大子孫三代，精明的個性和精湛的廚藝復刻在母親與阿姨們身上。即便如此，沒人敢說完全繼承了她的才能。外婆過了九十歲後，對於子孫們的大小事仍十分深入，犀利個性不改，跟她講話總是兩三句就被撂倒在地，自恃口才不錯的我也甘拜下風。

外婆最後的這段時間，有時清醒有時昏迷，醒的時候非常清明，一如往常的幽默與銳利。我站在床邊看著她，感覺到某個時刻將近，感覺到自己無法停止地顫抖，感覺到自己雙眼盈滿淚水但不想要淚流滿面。我看著外婆，她定定地看著我，眼神非常深邃，看起來像兩潭深幽的湖水，不確定她有沒有看到我。在我感傷快要衝破頭頂之際，外婆突然開口：「看什麼看啦！煩餒！」一如她平日的幽默。

倒數第二次與我母親一起返鄉探視外婆，發現照顧外婆很久的印尼看護V在冰箱裡做了一罐醃木瓜，那味道跟外婆年輕時的手路一模一樣，大家都好驚訝，因為自從外婆行動開始變緩，大家已經很久沒吃到外婆的手藝。外婆有幾道私房小菜，是她獨有的風格調味，我們說起來都一嘴懷念。

大表哥立馬一把將醃木瓜夾入口中，開心地喊著：「真的是一模一樣的味道耶。」V說，這一罐是按照外婆的口述，一步一步做出來的，因為製作時木瓜的量不夠，只做了一小瓶。我母親與阿姨兩位行動派女性一聽，馬上揹起包包向左鄰右舍招募青木瓜。鄉下什麼沒有，就是人情味和蔬果最多，從左鄰右舍募到排山倒海的木瓜大軍，母親與阿姨立即組織生產流水線，切的切，曬的曬，備佐料的備料。

冷開水洗淨、暖陽下曬乾、再加入醬油煮開，拌入有砂糖的醬汁，我母親與阿姨在V的引導下，帶著我五歲的女兒當小助手忙裡忙外，遊手好閒的我在旁看著，感覺甚是奇妙。母語客家話的外婆，跟印尼人V無法全然地溝通，V卻精確承襲了外婆獨門菜式的手藝，連外婆的女兒們都仰賴她的教學。

完成品裝盛在大大小小不同的玻璃瓶器，一字排開很壯觀。外婆像美食節目的評審，嘗了一口，露出有些滿意又有點彆扭的表情，說：「味道差不多啦。」這對個性好強的外婆來說，已經是至高的讚美了。V在旁邊笑著說：「阿婆不會稱讚啦，沒有罵就是好啦。」

除了醃木瓜，V精確復刻的，還有外婆招牌的客家焢肉、薑絲炒大腸、酸菜豬肚湯等等。外婆家的門永遠敞開，桌上永遠高朋滿座。外婆喜歡吃飯的時候熱熱鬧鬧，冰箱裡永遠塞得滿滿。跟外婆一起過的最後一個過年，外婆準備了三隻全雞、四副豬頭骨、兩隻鴨，簡直是一個動物農莊的陣勢。

外婆最後睡睡醒醒的日子裡，大家密集地回去看她。某個禮拜天的下午，她的情況特別低迷，全部的人輪流進她房間探望。外婆依舊是張著圓圓的大眼，我們不確定她現在是醒著，還是在迷霧之中。很多人在哭，即使外婆的離開是在我們的預期裡，還是令人難以接受。我看到垂淚的阿姨們姊妹們，看到忍住不哭的舅舅們哥哥們發抖的背影，人們圍繞在她的床邊，外婆靜靜地看著悲傷的她的孩子們，然後悠悠地說了一句：

「今天回來這麼多人，家裡的菜夠嗎？V趕快去市場拿幾隻雞。」

有人餓肚子，是外婆最擔心的事。也是在外婆睡睡醒醒的那幾天，外婆對著我說，我小時候有多討厭睡午覺。童年的極盛時期，外婆一口氣帶了八個小孩，那是我及我的表兄弟姊妹們。八個小孩相當於幼兒園的一個班級，班導師就是我外婆，午休時間大家都睡了，唯獨厭惡午睡的我翻來覆去。

我總是午餐不吃，在午休時間一直鬧，對外婆說肚子很餓睡不著。外婆每每都能快速變出一碗豬肉湯，那是新鮮的豬後腿肉，俗稱的「老鼠肉」，極嫩、沒有油味的豐潤口感，加上細切薑絲。這是班導師讓我在午休時，個人偷偷享用的極盛美味。

那批由阿姨、母親、V還有我女兒協力的醃木瓜，就是我小時候的記憶中的味道，經外籍看護V的巧妙傳承，重現了大家心心念念的滋味。瓶子裡裝盛的不只是爽脆甘甜的木瓜，也封存家鄉三合院的陽光。那是市售吃不到、獨一無二的味道，還有那幾十年間外婆強大無比的身影，像一棵根深葉茂的大樹，緊緊守護著每位孩子。

我忘記了時間

這幾個月乍暖還寒，我大病了一場。陰雨綿綿的濕氣累積在身體各處，一咳起來整個氣管都是水。半夜突如其來的狂咳，連續幾天難求一夜好眠。中期演變成連聲音都沒有，講話像宮鬥劇裡被毒啞的嬪妃。這才發現小兒對於唇語的理解力極低，我五歲的女兒對於我使盡表演天分的比手畫腳幾乎不能理解，這下子連生活運作都有困難了。

從小我就常被人說是媽寶，不過我從來不承認，畢竟媽寶不是多光彩的形容詞，誰會得意洋洋地接受呢？我媽廚藝高強，在餐廳吃過的菜回到家就會做出一模一樣的，她個人的私房菜更多到無法細數。我從小學開始一路帶便當帶到高中，別的孩子對於外食常常覺得新鮮，我倒是從沒羨慕過，畢竟家裡的就好吃。

病倒的這陣子我天天叫外送到家，剛開始好玩，每天換著點，久了很膩，即使肚子餓，口腔與牙齒都使不起勁工作。約莫是病倒後的一周，有一天，我媽提著大包小包出現在我家，說要跟我一起吃飯。袋子打開，熬好的湯、剛煮好的白米飯、洗好的菜來現炒，連佐料都帶來了。想是我媽推測像我這樣生活技能十分低落的人，廚房備品也不怎麼樣吧。與其讓我那些不稱頭的備品毀了她的菜，這位大廚乾脆連鹽巴都自備。

當天我有些不好意思，直說不要累了。吃了一頓美味的熱飯熱菜以後，我的媽寶魂從此大爆發。三不五時就會傳訊息問我媽說：「媽，妳跟爸要來我家吃飯嗎？」像我這種出嫁的女兒當屬世界上最厚顏無恥的一種人類，除了回娘家狂搬冰箱裡的東西之外，美其名說約父母來吃飯，其實是想叫父母弄給她吃，還問得臉不紅氣不喘。

我媽至此變身為外燴的大廚，且這位大廚還有餐食上的客製化，弄給大家吃跟我女兒吃的是不同的形式。每回我在家下廚，我女兒總是吃得很客套，但我媽的菜上桌，女兒倒是三兩下可以吃完一碗飯，並追加多喝湯和吃肉。小孩的反應騙不了人，「回家吃飯」這句充滿美味與溫馨感的話，到我手下還無法實現，到我媽這邊才算是圓滿了。

就這樣每天吃著吃著，巴望著我媽每天又弄出些什麼好菜來。我的病是好了，接著疫情就跟著來了。政府宣布停課與在家工作、非必要商業場所不得營業的時候，我第一時間在心裡尖叫：「我的天啊該吃什麼！」我不怕孤獨也不怕跟罵罵密室搏鬥，我很能自處也能帶著罵罵玩，唯獨煮食技能一直都很低落。這麼多年辛苦我的先生了，一路吃著我弄焦的魚、奇怪調味的燒雞、炒得非常黑的青菜、連基本款炒蛋也端不出好賣相。

這時候我媽又如救世主一般的出現，跟我說：「不如你們就來我這一起吃飯吧。」於是每天的作息變成在家工作一段落，帶著罵罵一起去我媽媽家打擾一番，先生下班後也過來，加上我爸爸總共五口，在防疫規範邊緣一起吃一頓飯。蹭飯行程真是快樂，我只要忍耐幫自己和罵罵弄早餐，午餐與晚餐至少有一餐會是媽媽的美味。天天去等吃飯變成我固定的行程，睡前還會在心裡揣測媽媽明天的菜色，像是上午上課等待中午便當的小學生。

某日，我先生悄悄地跟我說：「你爸傳訊息給我，叫我們不要再去一起吃飯了。」我一聽大驚，想說不對呀，先生跟家人一直處得很好，怎麼會這樣子呢？細看爸爸傳來的訊息寫著：「我們兩老吃得很簡單，加上妹妹好照顧，就算兩老一小一起吃也不麻煩。但你來，每次媽媽都把你當客人在張羅招待，弄一大桌子菜。」

「聽到昨晚媽媽跟你聊起她如何熟習廚藝，當年怎樣張羅老家的一大家子，那都是當年勇，如今非昔日，都六十幾歲了，就算擅煮，也不耐久站。」爸爸在給先生的訊息裡細細地說著。我知道媽媽近年來腰不太好，看過神經內外科骨科查不出個究竟，站不能久站，坐無法久坐。

這些毛病已延續幾年，我一直都知道，叮嚀著媽媽看這個醫生看那個醫生，但卻忘記了時間存在。忘了時間會讓原本的流失，忘了時間會讓本來不佳的更加惡劣。忘了時間會從拿著鍋杓的手指縫中溜走，忘了時間會讓孩子長大，忘了我早長到足夠撐起這個家了。忘了媽媽已經不復當年，忘了媽媽只要看到我們的笑容，她願意付出一切，不說一句苦。媽媽在我心中一樣美，她手上的菜一樣美味，只是我忘記了時間。

原來我從不承認的媽寶頭銜根本深植在我的靈魂裡，但想想能當個媽寶多好啊，就讓我得意地當個媽寶吧，當個有所作為、能照顧大家的進化版媽寶吧。

聽他們說

之前朋友遞來一本《臺北聽我說》，原本以為是臺北市政績宣導之類的書。封面是黑白色系有打洞，可以看到後頁一點點的金色，像是星星，又像眼淚，裝幀很別緻，但一忙起來我就擱置在書櫃上了。直到前幾天得空坐下，隨手抽出來看，才理解是外籍移工的詩文選，效法辦了十多年的臺北市詩文比賽，五年前開始舉辦移民工文學獎。

在臺灣，外籍移工的數字已突破七十萬，即使人數已如此之多，土生土長的臺灣人們卻很少正視過來自東南亞各國的他們。身上帶著不同的文化，離鄉背井工作，大多數非常年輕。我在腦海中搜尋了我與移工最近的距離，除了臺北車站，就是我外婆的看護移工。外婆近十年行動較為不便，老家陸續聘雇了不同國籍的外籍看護。

外籍看護來來去去，大部分是工作時間到期，每一個的離開都伴隨著新的到任，外婆與看護及家人們都得重新適應一次。記得這期間有一位特別年輕，大約二十出頭，她若生在臺灣該是開心玩樂、又準備畢業工作的大好年華，但是她的人生安排，讓她遠渡重洋，在異國鄉下照顧老人家。

來外婆家沒多久，某天晚上這位看護不見了。報警以後，在距離外婆家好遠的地方找到了她，想是半夜離開的。有些人懷疑她偷東西，沒有，她連自己的行李都沒拿，孑然一身徒步離開。我外婆家在田中間，路燈與路燈之間的距離頗遠，她這樣摸黑走，才剛來又不熟悉環境，要去哪？要怎麼辦？是多巨大的寂寞與害怕，才驅使她不顧一切在異鄉的暗夜中奔走？我沒機會問，也完全不怪她。

諸多波折後，外婆近幾年的看護都是一位來自印尼的女士V，很會做菜，中文流利，在外婆身邊待的時間久了，連客家話也開始聽懂。V聰明伶俐而且很勤快，對於外婆的喜好甚至比我更了解。一上餐桌就先幫外婆挾菜，一邊挾一邊念說：「不幫阿婆先挾好，阿婆都會挑食。」對於家裡人的習慣如數家珍，我們家族龐大，每周輪流在她眼前出現的約莫有三十至四十人，但她總記得我先生不吃豬肉，記得我孩子吃飯最愛配肉鬆，記得我爸是米飯基本教義派，當晚如果是吃麵食，不忘多幫我爸準備一碗熱騰騰的白米飯。

有一次我跟她聊天，問她放假的時候都去哪，她說和朋友一起出去玩，南投、阿里山、臺中、高雄都去過了：「臺灣很漂亮。」V露出一個害羞像小孩一樣的笑容。

某次回外婆家，看到V變得很憔悴，多問幾句，她眼淚即落下。她說她先生外遇，吵著要跟她離婚，她本來準備存夠錢就回鄉和先生一起養老，但現在計劃全部破碎。她不知道那個對象是誰，希望她先生能夠回心轉意，但看起來機會很渺茫，孩子勸她堅強起來：「媽媽，我想要跟著你，不要再跟爸爸來往了。」

V來臺灣已經好久好久，久到她能講通順的中文臺語且聽得懂客語，和大部分的移工一樣，她想要存夠錢就回家，這中間十幾年所累積的收入，是她拿與家人分隔兩地去換的。孩子現在已經是高中生，掐指一算，求學途中見過母親的次數屈指可數，「但她很乖，也很貼心。」V又難得的笑了，這是她最大的慰藉。

進外婆房間探視時，見到V拿著小學生習字本，在學寫注音符號與簡單的中文字，我問她為什麼想要學？「不想要忘記中文怎麼講，想要學得更多，不想要忘記我在臺灣的時間。」我把《臺北聽我說》拿回去送給她，她看著裡面的印尼移工得獎作品，邊看邊哭：「大家都好想家。」

外婆倒下的那天，V躲在廚房大哭。我想起外婆最後一次慶生，那天V很害羞地在大家面前祝外婆生日快樂，那時候的V也哭了。V很愛哭，V的眼淚有很多意義，每次見她落淚，都覺得那是一種對生命非常努力且感情充沛的痕跡，有諸多苦難，但沒有放棄。

以下節錄自《臺北聽我說》菲律賓的Lacca Irene Alaba〈在臺灣實現我的夢想〉：

即將回到祖國，讓我心底露出了微笑

如今我的孩子全都讀完大學
但我依然會想念這裡的每一個人
謝謝你們。再見了！臺灣！
接近十二年的認眞工作，讓我深深感動
的確，成功不是只爲了追求名利
而是以一種謙卑的方式耐心地實現我們微小的夢想。

再見外婆

從外婆倒下那天至今，中間已經過了好幾個月。雖然大家都說外婆高壽，讓她自然順順地離開比較好，但老實說，我中間一直偷偷抱持著一切都會好轉的期待，就像外婆的人生裡時不時會發生一些石破天驚的事，但都會克服。只是我的期待終究沒有發生。我想，沒有發生，真的是比較好的結果。

在我小學的時候外公過世了，現在回想起來，記憶已模糊，唯一的畫面是我看著外婆，她站在二樓窗旁，遙望做法事的現場。外婆靜靜地流下眼淚，那眼淚是無聲的，沒有哭泣的聲音、沒有哭泣的表情，完整地滑過臉龐，然後被外婆緩緩地拭去。

在我準備生罵罵的時候，我的大舅舅、就是外婆的長子意外身故。大家瞞著外婆也瞞著我，等到事過境遷我們才知道。世上最痛，莫過於白髮人送黑髮人，當時外婆已經八十好幾，從得知消息的那天起，感覺外婆像被緩慢洩氣的輪胎，一點一點的消散與疲乏。不過，外婆還是挺住了。

外婆一生中相處時間最長的閨密、也是外婆的妯娌，前年在睡夢中過世。晚輩們原本不打算讓外婆到公祭現場，外婆執意要去。看著外婆老邁又搖晃的背影，慢慢地走到遺照前面致意，沒有崩潰，沒有哭號，莊重的哀傷。外婆的情緒反應跟一般世俗對女子的印象不一樣，不柔弱，不外顯。或許因為她一直是一個領導者，很習慣消化自己的情緒，很習慣處理自己的眼淚，她不是不難過，但她的悲傷總是和緩且隆重。

在原生家庭裡，外婆是下有六弟兩妹的大姊，從小學開始，就背負著帶小孩的責任。嫁給四個兄弟中排行第一的外公後，以大嫂身分，掌持著整個西河堂三合院家族。外婆是七個孩子的母親，十四個孫子，十三個曾孫，還有不會列在訃聞上，許許多多被她養育過的孩子。

媽媽說，外婆總是能洞燭先機，什麼作物好賣，她就搶先種了，知道豬價好，早好幾步養豬了。外婆的腦袋聰明，博學強記，母語客家話，小學六年受日文教育，臺語是看電視學的，能聽能回應，中文講得也不錯，開起玩笑來火力猛烈。如果外婆有張履歷，我想她是家族管理學院第一名畢業的傑出校友，不，應該是院長，專長是持家與教育，附上四種語言專長。

只是外婆不需要履歷，此生可能也沒自我介紹過，不需要自我行銷，她就深深烙印在每個人心中。如果生而為人，能夠活成像外婆的人，真正死而無憾。將自己的能量真摯地傳遞給身邊的人，被所有來往過的人深深愛著，美麗且扎實的人生，不浮誇不虛空，有笑有淚，燃燒到最後一刻。

跟家人比較親近的法師在這個月裡來探望外婆，對我們說，外婆對大家牽掛不下，希望大家一起助念，讓外婆早日放下。雖然我很認真地念了，但超級愚昧又悟性未開的我必須坦承，我腦海裡的畫面是坐在地上大哭，然後叫她不要走。

龐大的家族如我們，每個人面對死亡這個課題，以不同的姿態應對著。二阿姨的先生很早就過世了，「離世」對二阿姨全家一直是件艱難的事。最後的那幾天，長輩們在Line群組裡討論是否要放棄積極治療，所有的阿姨舅舅都表示同意，只有二阿姨遲遲未表態。直到當日深夜，看到二阿姨傳了一句：「我也同意。」可以想像二阿姨在做這個決定時，是如何錐心。

坐在榻前，摸著外婆的手，驚訝操勞一生的她，手怎麼如此滑嫩，我媽淡淡的回答我，因為血液跟血管已經不暢通了。外婆一生種植無數作物，養育動物不知多少，帶大小孩數十，雙手早已布滿了繭，最後的時光，雙手卻滑嫩如嬰兒。人的一生是個循環，老人跟小孩其實是一樣的。

人生是一個零的總和。從零出發，慢慢變化，有時增加，有時削減，無論身上是正或負，到尾來還是歸於零，都帶不走。能夠留下的，都在別人心裡，是愛是光是正能量或是一些啟發，是恨是怨是回馬槍或是一些教訓。外婆留下的全然是前者，在每個她身邊的生命裡，種下小小的芽，以各種形式，再見到外婆，再見外婆。

4 自己的路

序曲

在接手《小日子》之前，我上一份工作是在鴻海擔任發言人及公關。在鴻海任職三年多，現在回想起來，那還是人生中最刺激也珍貴的工作經驗。能在臺灣最大企業的管理總部工作，一窺內部運作的方式，彷佛看見了近三十年臺灣產業發展的縮影。

從學校畢業以後，第一份工作是平面媒體記者。不管是記者、發言人、或是行銷公關工作，都是記錄別人的見聞，寫別人的故事。我心中有一個想法始終蠢蠢欲動：我想做一些自己的事情，想靠自己的力量，做跟臺灣有關係的事。從小在臺灣土生土長，我深深愛著這塊土地上的點點滴滴。

這個想法一直在我心中發酵，直到六年前，大學學長問我說，有沒有意願一起把「臺灣的小日子」這個概念發揚光大？我們想把這些生活點滴化為養分也化為商機，讓更多人認識《小日子》。學長這一問彷彿按到一個開關，讓我整顆心都亮起來。我是一個即知即行的人，一旦感覺到有光線在前面，就會全速前進。

創業的過程絕對不可能一帆風順，老實說，《小日子》仍時時刻刻都活在風浪之中。但沒有考驗，就不會成長，這是我一直在心裡提醒自己的事。二〇一三到二〇一四年間整個市場出現明顯的景氣轉折，平面雜誌整體銷量嚴重下滑，《小日子》也不例外。當時一度灰心到考慮停刊，幾經思量還是下不了手，看著用心做的雜誌庫存量日高，每一本都是編輯們的心血結晶，都是我們的孩子，《小日子》這麼用心，還有好多臺灣的好故事來不及分享，這不該是我們的最後一天。我們反覆地問自己，還能夠多做什麼？

《小日子》從二〇一二年創刊以來，一直嚴守著紙本雜誌本位的製作原則，扎實地執行老派編輯學中的每個步驟。隨著數位內容的興起，自然排擠了紙本雜誌的生存空間。在創刊後的兩年間，《小日子》完全沒有數位內容、也沒有官網。在這個網路主流的時代，沒有數位版本的《小日子》傳播力道相對貧弱，碰到二〇一四年這個不景氣的轉捩點，我們的第一個因應策略就是決定把數位內容完整化，大力強化品牌及雜誌內容的聲量。

數位內容做完後，不管是閱讀量、點閱率都節節升高，品牌聲量也日益浩大。就現實面而言，從網路部分進來的廣告業務增多，連帶的是營運面的壓力減輕。接下來我們做了《小日子》的電子商務，將採訪過的店家的產品，匯集在我們的網路商店銷售。

至此，《小日子》的數位化轉型已經階段性完成，但這不代表我們放棄了紙本為主的編輯路線，紙本發行還是我們的靈魂所在。就經營者的角度，我必須在行銷方式及生存模式上與時俱進。事實證明，這個雙軌並進的策略確實奏效，我們沒有失去了靈魂，反而變得更為活躍。

在《小日子》的這六年間，有過快樂的時光，也有令人灰心喪志的時候，一路上最讓人振奮的就是與各地創業者相遇，尤其是女性的創業家，光是看著她們，就足夠讓我充滿勇氣。像是「印花樂」的Ama、企鵝和小花，「Yaboo Café」的Tina和Emily等。我覺得，女性創業者共同的特點就是特別浪漫和有創意，不會劃地自限，從來不覺得女性就應該如何，或女性就不能怎麼樣，盡力朝自己想要的方向前進，找出最能發揮自己工作特長及愉快生活的平衡點。

《小日子》第五十八期的封面故事是「移居到喜歡的所在　開始新生活」，這一刊的受訪者都是移居到新的地方、開創新生活的女性，也是令我深受感動的一期。我常常覺得，創業有時候指的不只是工作而已，在生活中有所突破，也是一種創業。尤其在人生上的選擇，往往比在事業上的選擇需要更大的勇氣。能夠認清自己想要的，勇於拒絕不想要的生活，在人生中始終保持溫柔而堅定的前進，就是我心裡面最美麗的女性姿態了。

交叉路口

經營事業的路上，就是不斷地做選擇。所謂眾人眼中比較成功的事業，是由大大小小「以結果論」看來相對正確的選擇堆疊而成；而所謂眾人眼中沒那麼成功的事業，約莫是過程中出現了較多「以結果論」看來沒那麼正確的選擇。

一直強調「以結果論」，是因為通常經營事業成功的與否，都會以成敗論英雄，以結局倒回去推論當時的選擇正確與否。當自己在經營的道路上走過這麼一遭，我會認為所謂「成功的經營者」的定義，很多情況其實是天時地利人和的總合。以結果論去判斷領導者的選擇正確與否，其實並不公平。所有的經營者分分秒秒都是站在抉擇的風口上，沒有任何經營者希望自己的事業衰敗，但有時候就是會一步踏錯，立即陷落，創業之所以危險又迷人的地方在此。

在媒體轉型的路上，《小日子》選擇了與其他媒體截然不同的方向。當大部分媒體都在全力數位化與拼流量的路上，我們選擇了自營商品、開設實體通路一途。這是我在外演講、認識新朋友時，最常被問的問題：為什麼是自營品牌通路？為什麼開展那麼多自營品牌產品？為什麼會跨業進入完全陌生的領域？這是一個穩健的選擇嗎？

此前，在聽完我的答覆後，從來沒有遇過說服不了的人。即使如此，還有另外一個前提想要說，雖然這是我信心滿滿的選擇，也是我多年來的經驗累積，但如同我前面所說的，這絕不是一個完美無缺的策略。浪口上沒有一百分的選擇，只有當下最好的選擇。

若對於媒體生態稍微有了解，即會知道媒體最大的收益來自廣告，絕非銷量。尤其是在紙本閱讀式微之後，不管是報紙或雜誌，實際銷量數字所代表的意義愈來愈邊緣，取而代之的是俗稱的「流量」，流量代表很多層面的意義：網站上的點擊率、停留在頁面上的時間、轉發的次數、導購的次數、導購的能力等等。

流量是一條不歸路，在這裡我們不深究流量的複雜意義，純就媒體在數位時代的轉型與困難來分享。

在數位匯流、群雄並起、各種自媒體爆發的時代，媒體面臨的不只是其他媒體，還有各式各樣的自媒體，媒體要做的事情就是把流量愈拱愈高愈好，再把流量變現，轉換成廣告收益。

這是一條理所當然的路，沒有流量就沒有廣告，沒有廣告就沒有收入，做媒體不衝流量要幹嘛呢？優秀的流量，所需條件是比別人快、比別人多的內容，除非你能一直有獨家產出，否則最迅速的方式就是做簡單的內容，所以內容農場橫生，翻譯再製的文章大量增加。對於公司來說，這些製作都比自採自編來得負擔輕。

為什麼我們沒有走上這條路？這個是在我職業生涯中出現率最高的問題。我說，大家都走的路，不代表你也要走。**大家都走的路，不代表你也能走。大家都走的路，不代表你去走也能存活**。當所有的媒體都在做內容競逐，我們比別人晚進場，那個時間點跳下去廝殺，有沒有活路？我的判斷是：「沒有。」

我們沒有別人的資源，沒有別人的金源，數位轉型是一場燃燒現金的持久戰，且看不到終點，所有的數字表現都必須靠金額堆疊起來：更多的數位內容員工、設備、廣告行銷相關員工等等，媒體不再只是媒體，更像一間整合行銷公司。

既沒有別家的資金底本，數位化進場時間又晚，另外一個我們不能走上這條路的原因，是因為當初在接手《小日子》的時候，就立下了希望能保有媒體本色的初心。不希望為了要衝流量追速度，而引進大量的轉載內容。希望保有編輯臺產製內容的自由，希望保有不被廣告主左右的自由，希望不要為了把內容拿去賣錢而做一些連自己都沒有興趣的東西。

會進入媒體產業工作的從業者，多半對於創作內容保有期待，我深深相信，不會有人是為了想當內容農場小編才來上班的，能做自己的作品，為什麼要去剪貼複製別人的？

每個媒體有自己應該做的事情跟在社會上應盡的責任，讀者不會期待在《小日子》看到《鏡週刊》、《壹週刊》、《商業週刊》或《報導者》等等有的內容，而同樣的，這幾家媒體的功能，是我們無論如何轉型也無法替代的。在我心中，媒體沒有所謂的競品，只有將自己的路線如何發揮得淋漓盡致。

在任何猶豫不決的時間點，問問自己，這個市場有沒有缺少一個我？我的出現、我的存在有回應到任何人的需求嗎？如果答案是肯定的，計畫就有往前推進的可能。任何品牌、內容與操作方式的存續，都是因為聽到了世界上有所期盼的聲音，而準確地回答到了。

日本蔦屋書店的社長增田宗昭在訪談中說過，關於一間店：「就跟神社一樣，收納著人們靈魂集結而成的作品。」增田又說，關於開店：「就是把人們的『需求科學化』的蒐集起來，以及在開店過程當中持續的『提高需求化』。」這樣的說法跟我心中的答案不謀而合，一個生意的成功，多半是真誠地回應了世界上某些靈魂的需求，僅此而已。

自己的路

過去幾年，我每年都在雜誌公會舉辦的暑期營隊擔任講師。那是一個為期四天的營隊，前面三天由不同媒體人輪番上場主講，學生們被分成十組，最後一天每隊學生們要提出團隊作業：「請做一個你心中理想的媒體。」形式領域風格不拘，但要明確打造出風格路線與獲利模式。

記得第一年當講師的時候，十組裡大概還有三組同學，在媒體規劃裡會包含紙本的發行模式，到了第三年、第四年，紙本已經消失得無影無蹤，連網路媒體的形式也與第一年的同學們提出的「長相」完全不同。隨著Podcasts興起，第四年以聲音內容為主的媒體迅速超過了一半。

每一年的劇烈變化，學子們心中對於媒體的想像、翻轉的速度讓身為講師的我眼花撩亂。這就是媒體，沒有規則和定律，變化才是永遠的不變。

延續到上一篇文章，提到做選擇的關鍵，如果要競逐翻來覆去、永不停止的媒體生態變化，我想我沒有這個資本。若要求生，我只能從自己手中擁有的資源去盤點。回憶起《小日子》在轉型的那幾年，腦海中第一個浮現的詞是：「困獸之鬥」。這個成語對我來說不是負面，只是艱困。發現局勢不利不代表就得認輸，就算不知道生機有多少也得放手一搏，就算四面楚歌也得試著逃出生天，因為不搏就得死。

當時有一個轉折點，我們在慶祝雜誌周年慶活動時，做了一個小尺寸的帆布袋當作加價購的品項跟著雜誌一起售出。那個帆布袋很小，A4放入都顯得勉強，原色胚布的質地，上面只用黑色燙印了三個字在正中間：「小日子」。這個十分陽春素樸的產品，勉強撐得上是我們的第一個自有產品，卻開啟了我們後續上百上千自有產品的契機。

加價購的小袋子順利完售，陸陸續續接到讀者打電話進來問，還有袋子可以買嗎？還有其他款式的帆布袋嗎？這件事情真奇妙，我開始思考那個小袋子的奧妙之處在哪。各種天馬行空的推測在我腦海中亂飛：是因為大家喜歡尺寸迷你的袋子？市面上很少那麼小的袋子嗎？所以大家覺得很可愛？還是胚布原色討人喜歡？

時間快轉到二〇一五年的華文朗讀節。當年的華文朗讀節主辦單位請我們代為邀請時任《小日子》的專欄作家張曼娟老師來參加活動，《小日子》也順道在曼娟老師的場子擺了一個攤位賣雜誌。那場活動對我來說，有如被雷擊中瀕死復生的重大意義。其一，那是我第一次面對面看到曼娟老師本人，後續開啟了我對她數年怎樣都斬不斷的深情糾纏。

另一個重要的雷擊就是我在顧攤位時，客人買完雜誌問我說：「請問你們還有那個袋子嗎？」「什麼袋子？」「小小的、米白色的。」客人很盡力地想要讓我了解，比手畫腳在空中畫出那個尺寸。我說：「喔你要裝你剛剛買的雜誌嗎？我們有其他素面的帆布袋可以給你。」「不是，我要的是上面有『小～日～子』三個字的袋子。」客人加強重音、堅決的眼神，我至今難忘。

啊！！原來是因為品牌！！我的天啊！！才不是因為什麼尺寸什麼胚布原色什麼跟什麼呢，是因為小日子這個品牌！大家喜歡這三個字印在包包上面。這件事的啟發意義甚大，試想，任何品牌印在袋子上，你都願意揹出去嗎？不是吧？這個時代，身上掛的穿的用的，揹出去的東西就代表你自己，不只是物件本身而已，還有那個品牌背後所傳遞的意義與價值。「小日子」三個字是有「含金量」的，人們願意花錢買它，把它彰顯在身上，這是多珍貴的心意。

「轉換率」與「含金量」這兩個關鍵字，那時才深深地烙印在我的腦海裡。我們所處的時代資訊龐雜，每個人要經手的記憶和訊息太多，兩小時前停車的位置可能兩小時後就想不起來，比較沒有記憶點的品牌就像是這樣，在生活中迅速地被滑過，被資訊海淹沒。然而，從客人的反應中，我知道「小日子」的品牌已經發芽了，讀者喜歡它、願意閱讀它、願意為了它花錢、且願意跟朋友分享自己使用這個品牌、願意把這三個字掛在身上走。這個芽苗我看到了，但能茁壯到多大，就看我們有多努力了。

動態的禪

之前應朋友邀請，去參加茶席。我的朋友是一位外型時髦新潮、才華洋溢、妙語如珠、渾身散發活力的女子，身上常穿著五種以上不同顏色的衣服，卻一點不違和。我想，這樣的衣服大概也只有她能撐起來了。我知道朋友學習茶道多年，但她本人的多彩和強大的動能，與我所認知靜態的茶道很難連結在一起。

赴約的當日，從沒參加過茶席的我果然處處出糗。先是我穿了休閒鞋但沒穿襪。茶席在室內和室進行，禮俗上應要穿著白色的襪子，大概是避免弄髒榻榻米或腳有味道。先不要管白色了，我連襪子也沒穿，只好在跪坐的時候一直把自己的腳藏起來，還好我的腳很乾淨沒有味道，不然在那個小小的安靜的和室裡，我的腳肯定會害我顏面無光。

另外一個糗是我從沒跪坐過那麼久的時間，茶席進行到一半時，覺得雙腳已經麻痺到我彷彿沒有那雙腳，我試著不停地交換姿勢。雖然我很努力地促進自己血液循環，但怎麼換姿勢，我還是得把我那雙突兀的裸足藏起來，姿勢只能在左腳擺上面或右腳擺上面中做一個選擇，這兩者其實沒差。我感覺我的雙腳麻到正在漸漸離開我，我懷疑茶席結束後我是否會雙腳發紫需要急救。還好，茶席老師看我坐立難安，就讓大家一起盤腿而坐。

這個茶席的邀約實是好些時日之前。當日參加完茶席的我，說不出具體的感想，我向來是個毛毛躁躁之人，能靜靜坐著這麼久，已經覺得自己很棒了，要再說些什麼，就是和菓子十分美味、茶清香回甘這類我實在不好意思分享的粗淺感想。

那一別之後，我與朋友各自忙碌，茶席這件事我就擱在心裡了，直到日前看朋友在臉書上寫著：「很奇妙的，學習茶道的過程對我來說，卻是個『減法』的過程。上課的過程一直是在學習如何『移除不必要的動作』，正確地說，是要求執行泡茶的必要動作以外的動作都不應該存在。」

這段話如同醍醐灌頂。與朋友自茶席一別，各自經歷了許多事情，朋友的事情我並不都懂，我只知道她總是能果決地定奪。我這期間於工作、家庭和健康之間焦頭爛額的旋轉，常常忙到跟別人話說到一半，卻不知說到哪裡，因為腦袋裡轉的是另外一件事。又常常出現打開電腦要處理百件事，走到房間裡要拿件物品，結果事情一件也沒處理，物品想不起來要拿哪件。

茶席讓我想到更早之前的禪坐經驗。約莫兩年前，我十分敬愛的前輩、有鹿文化的社長許悔之邀我去高雄深水觀音禪寺禪坐。那是我第一次打禪，對自己要靜靜坐著那麼久而不睡著，真的毫無信心。我本來就很容易睡著，不睡的時候都在胡思亂想。當時不知道為何悔之要邀我，我只想著可以離開都市生活三天很愜意就去了。

一開始禪坐覺得時間很難度過，腦海裡翻過幾千幾百個不同的念頭，時間卻只挪移了一點點。重複登場的妄念很多，那讓我理解自己心裡有多過分在意一些無所謂的事情。想到一次就算了，還想了很多次，那麼無聊的事情，竟然讓自己想這麼多次！用他者的眼光去客觀檢視在腦海中翻篇的訊息，九成九是無聊，餘下的那些我也不記得了。換句話說，我讓自己的腦子大多數時間內耗在無用的資訊裡。

到了禪坐的第二天、第三天，腦海中的雜音減少。奇妙的是，視覺與聽覺感覺變得清晰，白天的禪坐不再昏沉，夜間的睡眠變得平穩。那幾天我真心覺得自己暴戾之氣大為降低，也不再想吃一些重口味的食物。禪之於我是一種生活型態、生活技術，存續需要人真心的保護與維持，且要頻繁拿出來練習、執行。我常常覺得我丟失了，但又在某些時刻再相遇，那是上天耐心的提醒。

「一切有為法，如夢幻泡影，如露亦如電，應作如是觀。」佛法裡面，悲歡離合愛恨嗔癡，都是水中月。即使如此，曾經發生過的真心，在那個當下都是人生中最珍貴的饗宴，就算不復存在，也不抹煞曾經有過的美好，而能繼續往前走，走出自己該有的樣子。

朋友寫著：「專注在這個單一目標的當下，你才會發現自己有多少不必要的動作、有多少時候自己是無意識地在執行眼前的工作、有多少時刻是『身心分離』的在活著。」丟三落四的那段時間裡，我一度懷疑自己是不是記憶力有問題、還是智力提早衰退，現在想來都不是，而是最簡單又最困難，我有多專注在當下的自己，在流動的、紛亂的、車水馬龍的日常裡，刪去心中那些不必要的，靜靜做好該做的。

理想的下午

日前收到舒國治老師經典之書《理想的下午》，我又重讀了一次當年眾人傳誦的篇章，其中〈理想的下午〉一文中寫到：「理想的下午，當消使在理想的地方，通常這地方是在城市。」「理想的下午，有賴理想的下午人。這類人意外享受外間。樂意暫且擱下手邊工作。」舒老師這篇文章音韻跌宕，意境幽遠，我的思緒在字句間中緩緩地飄呀飄，飄到我近年來最舒心的一個下午。

那是一個在臺南的下午。忙完了整天的工作，夜宿在《小日子》神農街店鋪裡的二樓。那個店鋪是老房子改建，有狹長的縱深、挑高又堅實的屋梁、將日光適切篩落的天井，是一個無可挑剔、處處說著故事的房子。第一進的一樓及二樓作為商業使用，第二進的一樓是辦公室，二樓是簡單布置的住宿空間。

隔天下午，我躺在二樓的床上。是一個周六的下午，上午剛吃過一頓豐盛的魚肉魚皮粥。豐盛的海鮮粥是府城道地的早餐，遍地美食的城市不用特地挑選，我所做的選擇不過是走到巷口的攤子。舒老師說：「理想的下午，要有理想的街頭點心。以使這下午不是太過清逸。」魚皮粥不是我的早餐也不是午餐，就是一個令人愉快的點心，分量不多，不用準時吃。不用遵守什麼時候該吃三餐，或自己決定要不要吃上三餐，亦是我心中理想的下午的自由開端。

躺在二樓的床上，我聽著傳進二樓的人聲和車聲。閉上眼，我用耳朵細細地專注地聽著這些聲音，如同以雙眼將景物讀進字裡行間。有神農街上來往的腳步聲，神農街不寬敞，遠近交談的聲音都能飄進耳裡，對門賣餅乾的攤子，旁邊賣布包的小販，往來行人評論著街上掛著的燈籠，這一個燈籠、那一個燈籠，從他們口中的燈籠，感覺出行人們走得從容走得閑散；再遠一點，我聽到海安路上騎著舊式機車的聲音，以及被推著經過、可能要去做生意的輪車，在緩緩轉動的聲音。

忘記是哪一次採訪裡的受訪者，跟我說：「走得太快，心會跟不上，要停一下，讓心跟上。」在生活裡無止盡的追逐，總是令人感覺很疲憊。來不及更新的進度、來不及學會的新的app。一回頭，好像誰跟誰又在哪個山頭聚在一起吆喝得快樂，但那個聚落裡沒有自己，令人焦慮心慌，怎麼會沒有我呢？是誰忘了我？還是因為我不夠重要？我要怎麼變得更重要更紅？但是，會忘了你的人，對你來說其實也不重要，你的心裡又記得幾個誰呢？那些人記得你嗎？

若要追逐這一切，人生其實一下子就過完了。追逐著在最新穎的社群媒體上更多的追蹤者數字，追逐著蹭上熱門的話題然後被轉發了幾次，好不容易爬上這個山頭結果又要到另外一個山頭聚集，怕沒好好經營自己會被時代淘汰。

在很久以前，我們說的經營自己，是真實的經營自己，好好吃飯、好好對待彼此、好好休息。現在我們說的經營自己，是努力地把各自刷上銀幕，刷出更多的讚數，再多開幾個頻道，多開幾個發聲的房間，是這樣的汲汲營營。

那不是我理想的生活，也不是理想的自己。把自己打造成一個小小小小明星，把自己努力地擠上排行榜，眾人在手機裡快速地刷過你，我感覺自己像海洋廢棄物一樣被河流刷掉，是真正的廢，是不能拿來再創作的海廢。多擁有一個物品，多擁有一個社群帳號，背後想要擁有的，是更多的關注與認同。看似擁有，是背負更多的期待，若要說真的擁有了什麼，應該是更多的束縛和得失心吧。

回到那下午，神農街上這一切的聲音，都是細碎幽微、慢條斯理，沒有人趕去哪裡，生活的節奏是不慌不忙。「理想的下午，常這一廂那一廂飄蕩著那屬於下午的聲響。」「微微地搔播午睡人的欲醒又欲依偎，替這緩緩悠悠難作數落的冤家午後不知怎麼將息。」舒老師的形容太美好了，那被諸多聲響騷動的心思在圍牆的這邊那邊探來探去，不管哪邊都是甜美。

一如老房子閣樓窗中灑落的天光，似以一個舊底片的色調落在白皙的皮膚上，將理想的下午封印在血管裡。我的人生需要的其實不多，大概就是這樣理想的下午，理想的心神晃蕩，比起奮力追逐什麼，更能理解我該放棄什麼。

優雅的獨處

因為疫情的關係，在這個地球上，不同的國家、不同的時區同時有很多人被獨自關在一個空間裡。這或許是人類歷史上最大規模的強制獨居活動，「如何從容獨處」成為一門顯學，許多人在網路上秀出自己在家能夠做什麼事。其實，孤獨跟獨居從來不是新鮮事，人類出現在這世上有多久，孤獨就有多久，現代的社會刺激娛樂太多，反倒讓孤獨變得特別了。

住在香港的朋友說，香港現在各種娛樂活動場所都關閉，公眾地方不能舉行多於四人的聚會，向來喜歡聚餐跟夜生活的香港人，苦悶可想而知。一到了周末或假日，離島、郊山就人擠人，以往不喜歡戶外運動的人也去了：「山上的步道，遠遠看竟然排成一條細細長長的人龍。」

新加坡的朋友本來約定好六月要來臺灣玩，前幾天傳訊息說，這趟旅程恐怕是無望了：「看來狀況沒有比較好，百分之九十九的時間都在家裡，除了去買菜買食物，連男友都見不上一面，悶得慌啊。」在巴黎求學的朋友，在小房間裡關了半個月，出門只能去附近採買。我去過她的房間，知道那空間沒餘裕做什麼休閒活動，問她都怎麼打發時間？「關太久了，我前幾天竟然還把塵封已久的小提琴都拿出來拉。」

某期的《小日子》裡，我們訪問了Foodpanda外送員巴頓。外送員是一份大部分時間都一個人運作、看似很寂寥的工作，疫情期間工作量大增。巴頓說：「外送這份孤寂感，我其實是享受的，一個人騎著車，跟著訂單到了許多沒有去過的地方。多數時候，是送往獨自一人的家，孤獨與孤獨的相遇，每晚不停地發生。」

關於獨處，薄霧書店創辦人蔡南昇說：「整個空間只有我，需要關心的只有我的思考，還有周遭環境的變化，這種感覺和寂寞略有不同，寂寞通常需要藉由他者映照，但孤獨這件事是絕對的私有。」關於孤獨感的絕對私有，將孤獨感上升到一種美味的極品，我身邊最專業的人就是我父親了。

我父親自九年前退休，退休後一直過著隱士般的生活，此次疫情來襲，對他來說似乎沒有差別。父親住在山上的住宅區，這九年來他深居簡出，有時一個月才進城一次，從來不覺得無聊。蒔花弄草、閱讀寫作、打理居家環境、偶爾追劇，雖然沒有排出強制性的計畫，父親還是走著從容有秩序的節奏，將生活經營得恬淡。

生活作息如此，心靈狀態亦如此。從我兒時記憶起，父親就是朋友不太多的人。來往的多半是學生時代的朋友，固定兩三位，工作幾十年後退休，來往的還是不太多，固定五六位。公職人員從年輕做到老，都在同一個圈子裡，難免有些人際關係的煩惱難以擺脫，不像一般職場，換間公司就切斷了一缸人等。在同一個池塘裡，這些人際如藤蔓般增生的交際，在我父親身上看不到，他不冷漠，但不太在意。

在我以前共事的同事裡面，有一個人能去吃薑母鴨的類型，被同事們拿來當笑柄取笑了好幾輪。自己吃飯是一個等級，但自己吃薑母鴨絕對是另外一個等級。首先，薑母鴨很燙且分量很多，通常在一個圓桌，或是一個大方桌，沒有比較小的單人座可選擇，那個場景必定是一人獨坐在無法太快速完食的卡式爐前，承受著眾人的目光慢慢的吃。

我父親不特別愛吃薑母鴨，但他如果喜歡，這張「獨食薑母鴨」的高級孤獨者證書他絕對領得到。父親至今保有每日去便利商店買一份報紙的習慣，報紙會插在他的口袋裡，一邊吃還一邊拿出報紙來看，總之他一個人做什麼事情都行。應該說，不怎麼在意他人眼光的父親，壓根沒想過為什麼一個人不行。獨處，對他來說自然而然，沒有什麼行不行，純粹就是回歸到要執行的事件本身，吃飯逛街看電影購物，專心致志地去做那件事，沒別的。

「問君何能爾，心遠地自偏。」父親善於獨處的特質，不僅發揮在具體的生活中，長年以來，也讓他都保持比較平靜的情緒，不易受到外在環境及他人的影響。相較於活蹦亂跳、大喜大怒的母親與我，父親是一個真正成熟優雅的大人。我生活節奏十分快且滿，獨處是難得的。時常覺得，如果無法好好掌握獨處的品質，就無法持續地了解自己。對自己的了解程度愈低，愈容易在人生的旅途中迷航而不自知，或盲目地照著別人的期待而活。

這世界上有幾種人，就有幾種獨處的方式。獨處不等於寂寞，透過自在的獨處，反而讓自我的思考多出更多可能。

學校沒有教的事

連續幾起臺灣大學學生輕生的事件，逼得一向對學生事務較為放任自由的校方都不得不出來表態。現任校長管中閔說已經成立專案小組，檢視高樓層安全，建立三層心理輔導機制。管爺向來戰力十足，辯才無礙，在新聞上談及此事，卻是滿滿的無力與無奈。

管校長的這番話讓我憶起二〇一〇年鴻海員工連續跳樓事件，當時鴻海也做類似今日臺大校方的處理，加強硬體安全及心理輔導等，甚至在各大廠區的中高樓層做了防護網，把梯間的空格全部封死。看起來實在很荒謬，堅決尋死的人怎麼樣都會想辦法要死，弄個網子又能如何？從另一方面來看，這顯示了公司對於這問題的窮盡心力。老實說，一個人想要尋死，學校與公司能做的不多，冰凍三尺非一日之寒，心底會結上厚不見光的冰，太陽完全照不進去，都不是一天兩天能造成的。

我在連續跳樓事件的隔年，進入鴻海任職，這些措施在後來幾年都持續執行著。然而身為一個曾經的臺大人及鴻海人，我深深地知道這兩個環境都不好待，高度競爭、講求表現、優秀人才輩出，我也知道面對年輕生命的心理問題，不是公司或校方卯足勁就能解決，這是一個社會環境的結構陷落，非常致命的斷裂，不像鷹架斷了一小截，而是地表的坍塌。

亞洲社會對少年少女時代長期忽視，年輕生命的悲傷、快樂與哀愁，往往被設定成「為賦新詞強說愁」。我們的青少年時期就是讀書讀書讀書，成績成績成績，再多一點，還要塞才藝才藝才藝。西方社會的「gap year」，在亞洲大人的眼中是浪費時間。你在找尋什麼自己？你考上好大學就會知道自己在哪了啦！找到好工作就會找到自己了啦！

在臺灣的社會與教育體制裡，少年的我們鮮少被引導如何向內觀看、如何真切地了解自己、處理內在的自己、善待自己，鮮少被鼓勵去試著瘋狂、試著犯錯、試著創新，偏離升學軌道的行為是不被支持且不被愛的。然而，那些我們未曾擁有的 gap year，極有可能在往後的人生裡，形成一道看不到盡頭、又深又長又陰暗的 gap。一回頭，你發現少年時代的你，還跟隨在現在的你身後，每個階段的你都有一些碎片落在這個溝裡，你從未完全跨過這道溝。

回頭看看盤根錯節的人生的地圖，這些學校沒教的事，才是真正重要的事，就像座標一樣，或許不能指引你通往功成名就的路，但能夠指引自己心裡的方向。學校不教，我們得自己想辦法：**勇敢犯錯、面對失敗、親近孤獨、理解被拒絕的感覺，接受世界上有些事情是無論如何努力也不可得**，能夠在人生出現巨大空洞時想辦法拉自己一把，找到自己想走的路，而不是別人覺得你應該走的路。這些能力不是生下來就有的內建軟體，是在跌倒中獲得。

回憶起自己剛上臺大的頭兩年，有種猛虎出閘之感，終於從反覆的課程、考試裡解脫。學校裡腦袋聰明的人滿坑滿谷，不用讀書就可以考高分的人在這裡不是稀有動物。一開始焦慮感爆棚，從小在學校被教到大那套「功課好的人最棒」深植在我血液裡，花了一些時間，我才理解每個人都有不同的樣子，學校是一個微型社會的縮影，不用跟人比，找出自己的快樂跟你走得順的那條路，愈早開始挖掘愈好。

大學時代的我，花了大部分的時間去做一些長輩眼中覺得很「廢」的事，我覺得自己真是又廢又棒，自我滿意度極度飆升。像是參加所有我好奇的活動（學了紫微斗數、調酒還有現代舞）、交往各式各樣的朋友、做五花八門的打工（發傳單洗盤子、在醫院當助理）等。成績表現不稱頭，但生活十分快意，我覺得我敲遍過去十幾年很好奇但不得其門入的門，我往裡面窺伺，我往裡面站一站跑一跑泡一泡，我談了撕心裂肺的戀愛，一度覺得自己雙眼快要哭瞎，但沒事的，所有的美好與悲傷都會發芽，長成日後的你，有底蘊的你，有打怪能力的你。

那些學校沒教的事，有些極不熟悉，或許有些還會傷害你，像是摸著牆壁在黑暗的隧道裡行走，有時候會摸到刺，有時候會流點血，時間長了，終看到前面的一點光，所有在人生中的摸索與勇氣，將不會是虛擲。

還是會換上外出服

持續疫情加上離開原本的工作，轉換成居家工作模式以後，最困難的就是生活與工作的分野，這條界線要是沒有畫清楚，整個空間與時間的質感將會混濁不堪。宗教裡面稱為「結界」，雖然肉眼看不到，但是結界的兩側，是另外一個力量和磁場在流動的世界。居家工作的結界歸屬很重要，這邊跟那邊，互相尊重，互不侵犯。

儘管一整天下來，都沒有看到除了自己以外的人，或是只在晚上見到了先生，但起床以後脫下家居服、換上外出服還是必要的。穿著領口捲成花圈的T恤、沾著午餐醬料卻不用力將其去除的袖口，泛著油光的臉或是飄著頭皮味的髮絲，諸如此類種種足以讓人潰散的片段，都會鬆懈個人的心志，但工作是莊重的。尊重自己的工作，會影響自己看自己的方式，及自己看待世界的方式。

除了懈怠，另外一個我不願意放這麼鬆的原因，是生活的氣氛沒有區隔。人生的快樂是比較出來的，沒有極端值的存在，彰顯不出另外一邊的可貴。一直處在不上不下的泥濘裡，休息的時間不會有全然休息的氣氛，工作的時候沒有專業的節奏。

所以起床之後，我依舊每天比照外出時的規格仔細梳洗，雖是素顏但會擦上防曬霜，整理眉毛、睫毛的走向。講到眉毛的走向，這件事有點微妙。儘管近年來的妝容流行濃眉，但我仍不習慣在眉毛上大力塗抹一番或將其完全染色的風格，唯獨對每根毛流的自我展現有點意見。睡了一夜起來的眉毛和睫毛，絕對是根根各自表述。人要看起來有精神，放任小毛流們盡情表演可不行。我有一把睫毛跟眉毛專用的梳子，將眉毛和睫毛往順流方向整理好，一天才算開始。

將炸開的瀏海吹平，綁上馬尾、夾上髮夾，臉部清潔保養防曬依序施作，頸部以上的準備事項算是完成了。接下來是挑選外出服，儘管沒有外出還是要穿上外出服，按照當天的心情與天氣來做選擇。因為是在家，可以毫無顧忌地選擇寬版，不用考慮過度休閒的問題，原則是，穿上以後自我感覺必須十分良好。

「自我感覺良好」近年來變成一種具有訕笑意味的用語，有時候用在很自戀或是搞不清楚狀況的人。殊不知，只有一個人的時候，自我感覺良好真的太重要。這個世界上，如果連你對自己的感覺都不良好，誰還能對你良好？就算不是只有自己一個人，對自己的感覺始終不良好，常處在等待別人來拯救的模式，暖得了世界暖不了自己，燃燒的動力終無以為繼。

工作的位置肯定是固定在一處，不會一下在沙發上，一下在餐桌，一下又端一個小方桌到床上。氣息與習慣到處沾黏，這樣移來移去就是打破結界。我工作都在餐桌固定的一個位置，因為那個位置面對客廳的落地窗，抬頭可見窗外景致，一兩秒的視覺舒緩對於舒心幫助很大。這個座位還有一個優點，旁邊是放開水的地方，冷熱開水隨時可得，喝到溫度適當的水，是工作中不可或缺的元素。

打開電腦前我習慣幫自己泡一杯飲品，茶居多，偶爾是咖啡。咖啡是我不工作時的唯一指名，但工作模式下我多半會選擇喝茶。咖啡入口後，不管是哪一種烘豆方式，味道都會在口腔上流連，然而茶不會。茶水將一切帶走，餘下一種空白，無需咀嚼消化，當下的我是如何，就是如何。

吃晚餐的時候，我工作的位置就是我平常用餐的位置。用餐前我一定會把所有工作需要的道具收拾乾淨，電腦手機移去充電、文具收進包包、水杯洗乾淨晾起、參考文件全部收進文件夾放入書櫃，不會留下任何工作的足跡，這才開始用餐。

外出服穿到當日工作的最後一刻，確認今日進度完成，才去更衣洗澡。洗澡是另一個跨越結界的儀式，卸下妝容或當日僅擦上的防曬，將全身以畫圓的方式仔細清潔，不僅清潔了肉身也清潔了自己的心。打開蓮蓬頭讓水傾瀉而下，閉上眼睛，我想像著自己站在山谷間的某處小瀑布下，讓流動的水帶走我的一切，不管帶走的是什麼，好的或是壞的，刺人的或是平順的，都流走了。

從浴室走出來，看到一直在門口等我的有春，對我小吠幾聲。啊，那就是我下班了，我回家了，是我的生活，我的儀式。

遺失在某處的少年感

因為要去除額頭上不小心摔到的疤，過去一年頻繁出入醫美診所。我的醫師是個風趣聰明的人，每次都在談笑間處理完療程，讓我忘卻皮肉之痛。雖然我是去進行除疤，偶爾護理師們還是會向我推薦一些回春的課程：「這個打完會收緊臉頰」、「這個可以消滅細紋」、「這個會提升整體的少年感」。「少年感」？第一次聽到少年感這個詞，我心裡彷彿搖動了一個清脆的響鈴。相較於緊繃去紋這種科學感，少年感這種浪漫的說法讓我心動。

「少年感」這個詞，自從被媒體還是影評人發明出來以後，近年來又因為醫美再度風行。醫學美容上的「少年感」、「少女感」定義很客觀明確：去除一切歲月老化的象徵，恢復青春時期的生理特徵。細究醫美對於面容老化的定義，真是大有學問，額頭上的是抬頭紋，雙眉之間是皺眉紋，眼睛尾巴的叫魚尾紋，眼睛下方的是淚溝，鼻子旁邊的叫法令紋，嘴角下方的是木偶紋，下巴跟整個側臉的形狀叫做輪廓線。

有些事情不說不知道，被點破後就會非常在意。上了年紀的人因為臉頰鬆弛，拍照是拍不出輪廓線的，無論胖瘦側面看起來是一個圓，有些人圓起來慈祥，有些人圓起來，長相與年輕時大為迥異，所以任何明星的廣告照片，陰影都打得非常深，不管是化妝打還是燈光打，務必追求輪廓線利索。

平常不覺得哪裡有什麼紋會怎樣，紋就像肥肉一樣，忠心不二，隨著時光前進沉默地陪伴，相安無事，歲月靜好。但一進入醫美的世界以後，雷達被全面啟動。上述所有的紋我全部都有，我開始觀察身邊同齡的朋友有沒有，不意外，大家差不多都全紋到齊了。奇異的是，平日裡我就知道有去做醫美的朋友，和沒有去做的朋友比較起來，**看起來並沒有「絕對性」的比較年輕**。

現實生活中裡，不乏機會碰到醫美做好做滿的路人，玻尿酸打得臉部平整無痕，連眼睛下方最容易出現的眼袋，都可以修整到兩邊大小寬度一致。整張臉挑不出一點瑕疵，仍然能一眼看出有了年紀。有些明星久沒露面，一露面就被網友說進場大維修過，多半負評大於正評。明星難為，明星被眾人寄託著美貌的想望，卻不被允許有美貌的自然衰弱，「昔日玉女飄嬸味」、「濃妝豔抹難掩滿臉皺紋」，媒體框架是各種重擊，彷彿長出皺紋就該死。

所以消滅了紋家族們，拉提了臉龐與身體的線條，還是不等於看起來比較少年，真正的「少年感」到底在哪裡？努力減少碳水化合物攝取、少抽菸少喝酒、固定運動保養，穿著打扮跟上潮流，就等同於少年感嗎？這樣小心翼翼地活著，大部分的人還是遺失少年感，不知道掉在哪處了。

飽滿的膠原蛋白、沒有一絲痕跡的光滑，充其量是擁有少年感少女感的軀殼，卻不必然擁有少年的氣息。人看著自己或許覺得回春，人看人卻是一眼看透。少年感不是少年臉，文字都說明白了，少年感是少年的感覺，少年是什麼感覺？當你還是位少年的時候，是什麼感覺？

對於喜歡的事情有燃燒不盡的熱情，對於恐懼的事情不全然害怕還有新鮮感，對於挫折感能代謝，對於冒險與不安敢於嘗試，不把世俗的眼光放在身上，不把社會的時間表當作生命的尺度。人長大了，會隨著社會生活的變化，責任與日俱增，但責任感不是滄桑感，能代謝掉的叫作記憶，代謝不掉的化作身上的風塵。

少年感可以有皺紋，但不能油膩。少年感可以是安穩的氣質，但不能被社會綁架。少年感當然可以有白髮，但不能暮氣沉沉。可以胖、可以老、可以鬆弛，但不能不像你自己。不把世俗的標籤往身上貼，緊緊保護那個你所知道的自己。當少年的你直視現在的你，你可以跟自己說：「怎麼樣？我快樂，我願意。」可以傲氣，不會心虛。

硬要舉幾個大家都認得的臉來詮釋少年感少女感，我覺得歌手萬芳和演員李心潔、蘇慧倫、日本明星廣末涼子和安室奈美惠，還有更早期的演員蕭紅梅都是如此。這幾位有個共同點，生活不是一帆風順、曾經遇過大大小小狗屁倒灶的事，生活中的折磨絕不算少。上網找一些這幾位的近照，會發現跟當年剛出道的芳華正盛已截然不同，即使如此，外型仍有一種輕盈感。蕭紅梅滿頭白髮，但沒有人會說她不美。李心潔前些年經歷了一些難過的事情，但神韻間還是當年裙擺搖搖的少女。

范俊奇在〈開到「曼玉」花事了〉一文裡面寫道：「一個美麗的女人在五十歲年把自己活成一則傳其實再不是太難的一件事，但五十歲之後，走的明顯是一段下坡路，要讓自己一直傳奇下去，靠的已經不是運氣，以及僅僅一層皮膚那麼深的美麗。」我說范俊奇懂得看人，尤其懂得看女人。是個女人又是個明星，要讓自己傳奇，除了相貌上的自然和諧，沒有太張牙舞爪的醫美，還要有比一般女人還要深沉的吐納，消化那些骯髒事以及那些風塵，代謝成一種從容的「氣」。

他又寫這些年來看到的張曼玉：「但因為張曼玉是張曼玉，所以她措手不及地被逼在眾目睽睽之下，倉促上映一場她和她曾經呼風喚雨的美麗到別的儀式。」「林花謝了春紅，開到『曼玉』花事了。」剛說范俊奇懂得看人，卻又覺得他不懂張曼玉。或許資深媒體記者的身分讓他比一般人更容易近距離看明星，然而，一個女人的細緻卻不是皮相上可以判斷得出來的。

四十歲後半，一直被說過瘦、被批評髮色與穿著的張曼玉，明明知道自己嗓音非主流聲線，在五十歲後登上了音樂節（結果引來一片噓聲）、還當了DJ。歲月讓張曼玉明顯削瘦老去，沒有年輕時的青春豐腴及兔寶寶牙的清純可人，但一點不減身為曼玉的風采。永遠嘗試她想做的事，談著她想談的戀愛（不管多狼狽），她沒有在管難堪不難堪，也沒有意圖把自己塞進大眾的凍齡框架裡，臉頰凹了但眼神更亮了。在我眼中，她就是活著只有今天沒有明天的真少女，愈老愈叛逆，過著沒完沒了的青春期。

每個人的今日，都是人生軸線上最年輕的一日。講究所謂的回春，其實沒有意義。因為那只是看起來，而且只是你自己看起來。想想自己身邊，雖然是同齡卻感覺最少年的朋友，是否往往是最特別的那個人？當大家一直想成為過去的自己，真正的少年只想每天都好好做自己。

穿梭在透明的結界

記得Line這個通訊軟體的出現約莫是二〇一一年，當時很多類似的app群雄並起，經過一番市占率的廝殺之後，至今已十年，Line確立即時通霸主的地位，也確立了人類生活從此天翻地覆。壓縮時空距離，人我界線模糊。Line變成社會共識，沒有用Line的人好像是怪胎，被排除於社會制度之外。

有時候會想，古代的人大家是怎麼約時間的？如果我和心儀的對象想出去走走，要幾點約在哪？可能是「日上三竿，我們在村子口右手邊數過來第十棵大樹下等你」。那如果赴約的路程上出了一些意外，現代人是手機拿出來發一則訊息：「有點耽擱，請晚半小時再出發」，以前又要怎麼辦呢？

便利帶來即時，但即時不往往是好。即時潑灑出去的情緒，通過沒有時差的科技，就像迎面而來的糞水一樣惡臭難躲。再也沒有完全下班這件事，因為老闆隨時都叫得到你、罵得到你，只要看到 app 右上方的紅色數字逐漸增加，你就知道有資訊量或是有人的情緒量在暴增。

情人的想念不再綿長而珍貴，我現在想你，現在就可以告訴你，你馬上就知道了。不用等待，無需反芻，誰都很容易找到誰。我的第一個情人，當時沒有手機，每天從學校分開，我會寫一些紙條放進他書包，他是一個畫畫比文字擅長的人。隔天，我總是收到幾張畫在作業紙上的畫。

第二個情人、第三個情人……隨著科技的進步，從BB call到傳統手機、智慧型手機，通訊軟體從雅虎即時通、MSN朝代更迭，速度只有愈來愈快。我沒有覺得先進是不好的，也沒有覺得快速比較不浪漫，令我不舒服的是，當即時無限蔓延，生活的每個區塊沒有界線。

沒有任何一件事、任何一個人，會讓另一個人想要二十四小時、四十八小時一直面對面。即使有，這樣的熱情很容易枯竭。便利不是科技的錯，便利帶來的干擾是我自己的錯，我沒有保護好自己，我沒有直面真誠對待眼前的這一刻，我身在心不在，我被鎖在那個綠色小框框裡。

兩年前，我毅然決然地把Line通知關了，這是我在人我之間所立下的結界。我會定時去確認有沒有工作的訊息要回覆，但不會讓訊息聲音與震動入侵我的生活。私人訊息我回覆的節奏更慢，想回才回，不想回就不回，有時候已讀不回，或是不讀不回。

不讀不回不是我對他人的漠視，而是我對自己的照顧與溫柔。把生活、工作、耍廢的時間仔細建立起結界，在心裡往下細分，就算是敷一張面膜的時間、泡一次澡的時間、讀一篇文章的時間，我不會拿起手機，也不會跟健談的罵罵搭話，因為那是屬於我的，在透明的結界裡受保護的十分鐘。

曾經有一次跟工作夥伴因為傳Line的時間起了爭執，他每每在下班時間、假日裡傳訊息給大家討論事情，屢次好言相勸不見改善。終於有一次，他在假日傳訊息給我討論工作，我直接跟他說，我不喜歡在假日講工作。他回我：「你抱怨這個也太多了，你哪次休假我沒讓你休？」

我的休假是我應得的，不是誰賞給我，我有多努力工作休假就可以多廢，我本來就能休我該休的假。員工如此，老闆亦然。沒有人是機器可以一天二十四小時一周七天轉個不停，再怎麼厲害的機器也會過熱，沒有off要怎麼on。有些人事情一來就要說出口，有些人脾氣一來就要罵人，現代科技讓空間跟時間的距離消失，壓垮了很多人的身心。我們無限制地接受刺激，覺得一直被找就是一直被需要，忘卻了拒絕的能力。

別人丟過來的情緒，不需要全部接。有些問題，就算面對面講也難以釐清；有些檻，就算說破了嘴對方也跨不過去；有些錯誤的資訊，就算明知道是錯、光是映入眼簾就會干擾自己的心性；有些當面說不出口的話，就代表你真的不該說出口，因為你不敢開始，就也無法承擔後果，別逞一時之快，在便利性上縱容自己。

生活中真的需要那麼便利嗎？便利到沒有純粹的自我空間？我決定自己的生活擁有「剛剛好的便利」就好，做好不疾不徐的人格設定與人我距離的結界，周遭的人對於節奏漸漸習慣，不會期待馬上得到回應。真有急事，還有一個叫電話的東西可以打。事緩則圓，終究不能圓的事，急著回應也不會圓。套句要好的前輩說的：「很多事情需要時間，當下只能把缺憾還諸天地。」

我的衣櫃

近日得空，回娘家把從未整理過的幾個大衣櫃全部整理一番。真是個浩大的工程，光是從衣櫃裡拿出來的衣服，就堆滿了房間地上，那景象實在太嚇人了，我決定在腦海中將衣櫃畫分成一小格一小格，每天用螞蟻搬家的方式處理一到兩格就好。即使是乾淨的衣服，放久了還是有味道跟灰塵，光是一到兩格就夠折磨人。

很多衣服拿出來的時候，忍不住在心裡響起一陣驚呼：「哇，我以前竟然有過這種風格啊。」譬如說，深碧綠色的緞面上衣，頸部圍繞著一圈寶石般的裝飾，這衣服應該是十年前買的，當時的我才出社會工作沒幾年，怎麼會穿這款式的衣服呢？那上衣是好看的，而且我記得價格很貴，整體氣質成熟，穿上身大概要去當媒人提親吧，對當時的我來說肯定顯得老氣。

然後還有一件大挖背的寬鬆背心，正面綴滿亮片。衣服質感倒不錯，亮片隨著晃動的角度有不同顏色的折射，而且縫得相當牢密，過了這麼多年，中間歷經不知道幾次洗滌，都沒有掉下一片，亮片也沒有受損。這件衣服又是什麼時期的？如果是近幾年才認識我的朋友，對這件衣服肯定沒印象。看那個挖背的大弧度，想秀身材的目的相當明顯。綴滿亮片這部分嘛，不是當時的我想變成一條長滿鱗片的魚，就是想要吸引別人注意了。

還有非常緊非常緊、緊到即使是我人生中最瘦的時期穿進去，臉也會發紫的牛仔褲，以及雖然是保暖功能的毛帽但上面有一朵非常大的花，幾乎比帽子本體還大的花。這頂帽子我有印象，在跟先生交往的第一年，還曾經戴著出門過，留下了照片的紀錄。

當時覺得十分好看而戴出門，現在看起來那個花的比例實在荒謬。先生當時對於與戴著一朵大花的人約會有什麼感覺呢？而且還是戴去逢甲夜市，不會撞到別人嗎？時間改變的不只是年紀體態，還有在路上生存的方式呢。

碧綠緞面上衣、大挖背亮片背心、緊到要截肢的牛仔褲，都代表著某個階段的我。想要被人用成熟穩重角度看待的我、想要閃亮亮擄獲他人目光的我、想要盡力展現身體曲線的我，都是以前的我。我還記得當我開始約會，總是費盡心思揣測對象的喜好是什麼？跟籃球隊長出去應該是運動型女孩？跟年紀比我大的上班族，應該要呈現「小惡魔風」？我努力把身上貼滿了日系雜誌會用的形容詞：「讓人怦然心動的編髮技巧」、「瞬間得到他目光的短裙穿搭」，滿櫃子裝滿各種風格迥異的衣服，也是各種心情各個階段的我。

進入文創界工作，已經是我三十歲以後的事了。經過二十到三十中間的十年追逐，自我信念與核心價值逐漸塵埃落定，外在打扮也是，古著風或素面的連身洋裝、素面T配上花裙、同一個裸色系的寬褲加上衣，正式場合多加一件俐落的西裝外套，一定會配戴當日喜愛的耳環及GEORG JENSEN手錶。穿來穿去差不多都是這樣，沒有特別要求自己遵循哪種風格，但也不覺得膩。

三十歲以後，我的衣櫃就不再隨著每年流行大換季，對於配件也有固定的詮釋。譬如手錶，身為資深果粉，不曾動念過要買Apple Watch，因為手錶對我來說是精品的意義多過於實用性。穿得樸素的時候我會戴上晃動的耳環，戴兩個以上的耳環時，一定都是固著式的。我從來不戴項鍊沒有為什麼，就只是覺得不自在，我喜歡有腰身的衣服、喜歡酒紅色指甲油，染過各種顏色的頭髮，身上有超過兩個以上的刺青。有時候記者或是面試者看到我本人，會感到驚訝，說：「你看起來不太文青啊？！」

那文青是什麼樣子呢？平瀏海、圓眼鏡、黑色長風衣、New Balance或Converse、帆布袋？這是一種文青的樣子，但不是所有文青的樣子。御姐、小惡魔、鄰家女孩也是其中一種女人的樣子，但不是所有女性的樣子。有幾種人就有幾種樣子，找到你喜歡的自己的樣子，而不是別人心中你應該要呈現的樣子。

現在的我，也會覺得「被認為穩重優雅真好」，「當個有魅力的人真好」，但已不再是想著別人怎麼看我而去妝扮，而是照著當下自己的狀態和喜好去打扮。當下這刻的我是如何就是如何了，我有很多與眾不同的特點，向內費心照顧、維持，爭取自己對自己的支持，而不向外賣弄爭取了。

再啓程

隨著這本書的寫作進入中後段，我也從《小日子》畢業了。在寫作期間一方面回憶著《小日子》這幾年間發展的點點滴滴，心裡一邊做著告別的準備。

在職的最後一天，我在臉書上寫著：

悠悠的居家工作的期間，我要從《小日子》畢業了。自本月起辭去在《小日子》的所有職務，這不是一兩個月的決定，是想了一兩年的決定。比較可惜的是最後這段時間，沒辦法跟同事相處到。

在《小日子》這六七年間有苦有樂，樂遠多於苦。眞心感謝所有一路上幫助過我們的人，感謝在這段路上結交到的朋友。

接下來的我沒有什麼計畫，只想躺上一段又廢又棒的日子再出發。不要再問我要去哪了，我要在家喝酒防疫，哪裡都沒有要去。祝大家順利，也祝我順利，平安健康，倍萬自愛。

其實這篇離職臉文我已經寫完很久了。我手機記事本裡的紀錄，這篇短文的完稿日期是二〇二一年三月五號，我在職的最後一天是二〇二一年五月三十一日，中間經過反覆修改。我真正開始寫這篇離職臉文應該是二〇二〇年底，算算，這是我寫過最久的一篇文章，也足以顯現這中間的字斟句酌，畢竟六年的歲月要濃縮為兩百字，並不容易。

我常常覺得離職很像分手，同樣是累積了感情、花了生命成本相處過。相逢自是有緣，聽起來實在很老套，但老套的東西往往是因為好才留存。每次離職，如果對方沒有存心要傷害，我都會盡可能地為對方著想，讓我的離開在大家最方便的狀態。我時時提醒自己，人生中的種種緣分，看長不看短，如果能在未來往回看，現在這個決定、這種分開的方式，會不會後悔？

年輕的時候，當別人員工，都覺得只要我留足一個月的時間提離職，想走就走，反正不做最大。沒錯，程序上是很合法，但不等於感情上很適切。回想起剛開始當主管的時候，有一個與我共事三年多的員工想要離職，因為我給他的調薪幅度與他期待的不同。我找他細談也調整了他的薪資結構，讓他用分潤的方式，獲得總額上比他預期更高的薪水。

過了一周，他傳訊息對我說，他還是決定離開。當時我正要展開一個重大的專案，整個團隊忙得死去活來。我問他說，能再多給我一個月嗎？或是兩周也好？現在這種水深火熱的階段，我真的無法分神去面試、帶新人，如此一來，他那份工作量恐怕會直接壓在別人身上。他還是拒絕我了，他說跟新工作已經談好，離職日就是我專案啟動的前一周。

這件事在我心中留下了非常深刻的負面感受。但再想下去，就會變成情緒勒索。離開一旦成定局，最好就是不拖泥帶水的完結篇。

後來只要同事提離職我一律不假思索地說好，後面的事情能不能解決，就是我自己的問題了，畢竟這是老闆的天命。你的感受不是對方的感受，就算你說出口，對方也不一定能感同身受。現在回想，覺得那位同事不夠幫忙我，是我多餘的負面情緒。遇到願意幫忙的同仁，是我的榮幸，對方不願意幫忙，也是合乎程序。每個人有自己的選擇，站在選擇的刀口上，常常只能顧到自己。

我離職的臉文貼出後按讚數很快地累積，瞬間就破千。我臉書的朋友都才一千出頭，等於我大部分的朋友回應了，彷彿看到朋友集結在岸邊對我揮著手，喊著：「順心啊，平安喔。」「健康最重要，你要多休息喔。」然後我搭上一艘只有我自己的船，順流而行，目的地還未可知，但心境很悠遠。

離開的原因很簡單，沒有官方版本與私人版本，只有一個版本。我和我的夥伴對於這份事業的發展模式及這個品牌的風格，看法愈來愈遠。在另外一篇文章裡我說過，合夥人的意見不同是好事，如果意見完全一致，其實很恐怖，因為會碰上很多隱形危機，太過一致的團隊裡，沒有人感覺得到暗流。

所以一路以來，我從未覺得看法不同是壞事。就算朝夕相處的家人也會隨著時間過去而變得不同，一起共事的人改變了，也是創業途中可預期的事。然而當歧異落差大到一個程度，那個距離就不是水溝會變成鴻溝。溝通原本應該是在兩個思維領域裡面游走，變成鴻溝以後，溝通便要用跳的用跨的，不僅費神而且耗損。

對於我的夥伴，我永遠是感謝多過於一切。我們一起努力過，這對做事業來說，太重要了。

離職當天，臉書貼文一出，除了訊息塞爆、還有諸多共事過的同事寫訊息來：「你就是我喜歡的那種閃閃發亮的大人」、「你是我遇過最有趣跟最激勵人心的主管了」、「每次都能感覺到你在決策裡對我們的體貼跟尊重」等等，雖然說人要離開了大家總是會說些好聽話，但我還是忍不住把每一封信都仔細的勾上星號珍藏起來。

工作上除了賺錢與成就感之外，能夠被人喜愛、啟發別人，也是我認為工作帶來的幸福之一。看著每一封寫得超級長的信，我想他們其實不必這樣做，但他們還是真摯地做了。這些都是我從《小日子》帶走的、極為滋潤的養分。

「**直面即是道場**」，是一個前輩跟我說的。**我想工作一路走來，需要的就是直面的勇氣**。直面少年的你、直面還沒被社會綁架的你、直面每一次微笑你喜悅的感覺、直面被工作激勵的感覺、直面每一次你微笑而你發現你必須假裝才笑得出來的感覺。直面良心，面對那些你必須違背初衷才叫得動自己，是什麼恐怖的感覺。

最近在追一部韓劇《大發不動產》，由童顏女神張娜拉及前偶像天團主唱鄭容和主演，劇情敘述驅魔人和靈媒一起收服冤魂的故事。劇中飾演天才靈媒的鄭容和遇到一個資深的靈界前輩，前輩問他說：「你知道要怎樣才不會變成冤魂嗎？」見識過無數冤魂的鄭容和卻答不出來。前輩說：「人生無常，想說的話都要鼓起勇氣說出口，想做的事情要趕快去做，才不會突然死掉以後，變成有執念而在人世間徘徊的冤魂。」

無法假裝，或許是我一輩子的修煉，但能夠在每個時刻面對自己，卻是我能夠一路走得輕盈與瀟灑的原因。大家都說我走得帥氣，其實我不是灑脫的人，只是在每個當下都努力得毫無保留，這種「不會變成冤魂」的個性，真心感謝每次認真痛哭與歡笑的自己，讓我在離別的時候，看到的都是分開的美好。

5 浴火重春

我的寵物

我的寵物是一隻在路上相遇的博美犬有春。他的毛色有點像烤焦的麵包，也像是蓬鬆的雞毛撢子。他有一雙深邃且充滿情意、很像人類的眼睛，雙眼的上方有兩條深色像是眉毛又像鏡框的紋路。他是一隻長相俊美的博美犬，以人類的標準來說，顏值超群，帶出去拉風，完全符合寵物的標準。

雖然擁有可愛討喜的外表，有春的個性非常古怪。不熟的人總是說他很乖，被他的安靜與好相處所吸引。他對抱抱摸摸一律來者不拒，且非常非常的安靜，帶進餐廳裡吃飯再出來，全程其他桌的客人都不會發現來了一隻狗，更有朋友來我家吃了一頓晚餐，離去前才發現趴在地上那隻狗是真的。

怪跟乖只有一線之隔。有春的乖是他社會化與生活經驗的歷練，對於大部分的事情逆來順受讓他備受喜愛，但過於察言觀色及極度孤僻，讓我覺得他其實是怪，不是乖。他不喜歡跟其他的狗互動，只有極少數能獲得他的青睞，他很努力在大家面前表現溫順，即使他不喜歡那個抱他的人。他可以在一整桌我的客人當中，分辨出誰是長輩、誰是老大，鎖定那個對象率先互動，也可以在一整群我的朋友裡面，嗅出不喜歡他的那個人，默默靠近，贏取對方的心。

跟我相遇的他已經八歲，過去八年是怎麼樣的生活，讓他把自己規範成一隻滿分寵物，我無從得知。或許在他過去的生活裡，他要如此努力，才能有好過的日子。我想他可能不知道，我喜歡他不是因為他在寵物評分表上的各個項目有多麼突出，他也一定不會知道，就算他不那麼賣力表現，我依舊愛著他。我愛他就只是因為他是他，他走進了我的生命，不是我撿回了他，而是他選擇了我。

《在自己房間裡的旅行》是一本十八世紀出版的散文，作者薩米耶・德梅斯特出身貴族，少年時即從軍。因為私自決鬥而被判罰關在家中關禁閉四十二天，很像疫情期間大家的寫照。薩米耶是個血氣方剛的軍人，文筆不算頂尖，在無奈禁閉的這段時間，因無聊打發時間寫下散文。從他與朋友、僕役及寵物狗狗之間的關係反思出人生哲學，沒想到出版後大受歡迎。

其中有一段特別深得我心，薩米耶描述他和他的狗羅西娜之間的互動。雖然剛被主人罵過，羅西娜還是守在薩米耶身邊。薩米耶稍微動作，羅西娜就搖動尾巴敲擊床邊小桌，顯示自己一直在旁邊守候等待，希望能獲得主人一丁點的表示。用現代語言說起來，羅西娜似乎在「刷存在感」，但這種無時無刻的關注，薩米耶覺得是「人類所能受過最大的恩寵」。

有春睡覺的床擺在我床邊的地板上，除非我真正起床、腳踏到地板上，否則有春不會離開那個位置。他如果比我早醒來，他就坐在床上看著，多久他都等。每當我洗澡的時候，他就坐在門外守候，不吵不鬧，多久他都等。除非我走進房間裡睡覺，不然他不會獨自進去，不管多累都在我旁邊打瞌睡。當我在他視線範圍走動，他的眼神總是跟隨著我移來動去。平常安靜不出聲的有春，只要有人在我旁邊動作大一點或是說話聲音大一些，他馬上跳起來對著對方吠。在空地裡解開牽繩讓他蹓躂，我從遠方喚著：「有春啊，有春啊。」他總是眼裡閃著光芒飛馳而來，彷彿這個相遇是久別重逢，彷彿他找我好久好久。

在此之前，我跟動物親密相處的經驗並不多，在路上與貓狗相遇，有時候甚至覺得畏懼。跟有春一起生活以後，我觀察動物的方式改變很多。雖然人類是動物的一種，但大部分的動物比人類堅強且完整，能夠不用穿衣、能夠飛翔、能夠長期在水中、能夠獨自生活，在人類傷害牠們之前，牠們是直率且無畏的。

牠們坦然地表現自己的愛與不愛，牠們全然地將愛託付在主人身上不去計算。人類所定義的可愛俊美、溫順乖巧，那些牠們不懂，牠們的日常生活是好好生存，好好去愛，順應自己的心，將感情回應給想回應的對象，不去想有沒有回報。牠們的身體與自然節氣律動，活得比我們更接近這個世界。

「人類所能受過最大的恩寵」，這亦是有春給我的感受，或許很多有過動物夥伴的人能有同感。他給我無盡的陪伴，他給我所有的寵愛，我得到有春永遠的目光追隨，我是有春的心之所向。有春不是我的寵物，我才是有春的寵物。

夜間急診室

驚蟄的那幾日，我犬有春連續病了好幾日。網路農民曆上對驚蟄的注記是這樣的：「動物自入冬以來，即藏伏土中，不飲不食，稱為『蟄』；到了驚蟄，天氣轉暖，大地春雷，而『驚蟄』即上天以打雷方式驚醒蟄居動物的冬眠。」白話文是要換季之意，而這春雷，如同有春突如其來的病一樣驚嚇了我。

先是幾天的食量減少，後來連水都開始不喝。某日的晚上，有春在家邊走邊吐，吐物綿延了一公尺。這期間我們帶他看了一次醫生，診斷是腸胃炎。不知道是否因為換季，動物們的身體都特別脆弱，那天門診狗滿為患，在診間足足等上三小時才看到診。我們是坐著等的，僅是坐著，三小時也感疲憊，看診的醫師想來已經連續站了五六個小時吧。有去過動物醫院的人都知道，獸醫師很少有機會可以坐著看診。略顯倦意的醫師仍然非常仔細，對狗病患們充滿了愛。

看完第一次診，有春雖然食量恢復，步履依舊蹣跚，平常聽到我回家電梯的「叮」一聲就馬上在家裡吠、一開門就衝過來的春式飛撲全都消失了，變成緩緩地轉頭看我一眼示意。過了兩天的晚上，抱起牠發現全身燙，我翻箱倒櫃找到肛溫計但電池沒電，一看時間，商店都快關門了，先生飛奔去買圓盤電池。量了兩次都超過四十度，加上有春年邁，雖然那麼晚了，即使我們明天要早起，我跟先生對看一眼，兩人毅然決然穿起外套送牠去急診室。

半夜一點的急診室，坐滿了心急如焚的主人，懷裡抱著各種狀態不好的毛孩子。外面下起滂沱大雨，視線不到一公尺，不舒服的有春蜷成一坨小小的毛球。先生看著候診室外的大雨問我說：「天氣又濕又冷，街上的動物如果生病了要怎麼辦？那麼虛弱，怎麼生存？」我低下頭，沒有答案。有春是我們從街上帶回來的孩子，如果是這種惡劣的天氣、生病的有春獨自在街頭……我不敢想下去。

彼時急診室的景象，讓我回想起罵罵號的嬰兒時期，時不時的高燒，不停歇的號哭，三更半夜裡好幾度我和先生無助地抱著罵罵坐在急診室候診。扣除掉酒醉鬧事的人，急診室內的每位家屬心上都急到燒出一把火，那景象就跟今天在動物醫院的一樣，不因是人跟人、人跟狗或人跟貓而有差別，生命與生命的牽絆緊緊相連。

一聽到有春掛急診，我的助理兼好友、也是有春的好友牛牛馬上從家裡衝出來。牛牛到醫院的時候，衣服濕了大半，一進門馬上抱起有春細聲安慰。有春在牛牛的懷裡微微地發抖，從寒冷大雨進來雙手冰冷的牛牛與燒得熱熱的有春互相依偎，一直不願意敷冰袋的有春似乎舒服多了。

有些年歲和歷練的人才會懂，生存比較容易，生活其實很難。生命之間的連結與愛，不是血緣硬性規範得來。這些感情的連結都像是在生命裡空無的地方，撒下了種子，自然而然地用一生栽培。很多時候，幫你跨過生活中那些檻，在黑夜之中執一盞光為了尋你而來的，常常不是真正有血緣的家人，是把你放在心上的其他人。

每個好好存活的生命，後面都是一個小小的支持網絡。萍水相逢的、人跟人之間的、人跟各種動物之間的……生命因為有這最珍貴的交織著的網路，讓每個小小的生命不致孤獨瑟縮。每一滴為了你落下的淚、為你而生的揪心、對著你好的溫柔，都是我們在此生播下的種子。

沒有誰能殘害另一個生命，也沒有誰有責任和義務對別的生命付出愛與溫柔。所有情意的輸出，都是生而為人的自由。我們可以完全一個人的獨自活著，也可以揮別塵世紛擾，將自心隱在山中，然而，每一個鑲嵌在生命裡細小的溫柔，每一次別人的暖陽照進自己濕透的心，都是世事人情無可取代的魅力。

在攝影師張雍的文章裡讀到，他某次到訪伊拉克北部庫德斯坦自治區的聖馬修修道院，歷經戰爭磨難的修道院趁著和平的空檔喘息著，當晚張雍窩在滿是破洞的長椅上過夜，「我像個初生嬰兒睡得香甜。」「來自宇宙深處的善意如此慷慨地將修道院裡的人們與自己一同給擁入懷裡，山丘後邊的ＩＳＩＳ旗幟已不見蹤影，留下的是對眼前生活所有細微的美好，皆心存感激的訊息。」

感謝生命中圍繞的一切，儘管雙腳仍深陷泥濘，儘管抬起頭仍是沒有放晴希望的陰天。

浴火重春

前年九月搬家時，在新家門口遇見的流浪博美犬有春，加入我家已兩年。有春加入的時間點，差不多是我開始寫稿給《聯合報》的時候，第一次養狗的我在專欄裡分享有春的種種，引起各方關心，還有讀者會寫信到我公司來關心有春的生活。沒想到有春的故事可以引起那麼大的迴響，他如果能夠聽懂，一定覺得開心。

對於養狗生手的我來說，這兩年過得跌跌撞撞，面對有春的突發狀況，常令我驚慌不已。第一年，我帶著有春看了三個不同的醫生，終於找到一個肯為他動刀。有春心絲蟲嚴重，年歲又大，醫生不願意執行風險這麼高的手術，這個困難我能體會，但我不想放棄。最後找上了鄰居介紹的獸醫，很年輕，看著他掛在牆上的畢業證書，跟我同一個大學，但已小我一輪了。

大家都說，年輕的醫生比較不知道嚴重性，所以敢於動刀。我的醫生雖然資淺但不草率，直白告知：「有春年紀大了，開心臟的手術，有可能會在手術臺上離開。」我有點害怕，問他：「如果是你自己的狗呢？」醫生很堅定地回我：「我會開，因為不開他也活不久，不如幫他搏一個機會。」

於是去年九月，就在跟醫生「拚一個轉機」的共識下，幫有春開了一場長達三小時的手術，非常感謝新店愛達司動物醫院的陳院長跟王心彥醫師。當天我在家裡心急如焚地等，一邊讓自己做好最壞的心理準備。傍晚接到有春了，一臉無辜，不知道自己剛剛在生死邊緣拔河歸來。接下來幾個月是反覆吃藥與回診的過程，每天的進度都是考驗。我沒有期待有春宛若新生，畢竟我心中的基期是從死亡開始，一點點的好，都是很有感的好。

時序推進到去年十一月，這個月是我生日，說是巧合或偶然，有春從十月底開始明顯得不同，食量變大、毛長得更快、活動力旺盛、個性脾氣更鮮明。我生日當天，抱著他在手上轉來轉去仔細端詳，他睜著又大又圓的眼睛對視，我看著他跟以往判若兩狗的神情，以及我手上抱著他那豐厚的肉感，不敢說他已經完全的好了，但肯定是跨過掙扎線，浴火重春了。

到了今年一月，做了最後一次血液檢測，有春確定從心絲蟲畢業。回想起這一年的努力，心中感慨萬千。我雖然很努力，但最努力的還是有春本犬。狗的個性很簡單直接，給牠一個好的方向，就會一起往好的方向努力：毫無保留地討好主人、在身體痛苦的時候仍然想要回應你的愛。動物沒有過多的盤算和心思，就只有生存與愛這兩件事吧。

人生就是這樣，狗生亦是如此，你以為事情終於happy ending的時候，通常會被倒打一把，人生與狗生很難有故事書中的happily ever after。今年三月，有春又再度大病了一場，驚天動地的情況跟之前有得拼。在反覆地檢查中，初步發現了牠血液內有寄生蟲反應，醫生說極有可能是之前在街頭討生活的那段時期感染的，因為有春身體的問題實在複雜，我們之前僅看到了最大的，現在要來面臨一直潛伏的。

這件事情沒有讓我太沮喪，我對生活從來沒有抱持著一帆風順的想望，問題總是會接踵而來，人生就是在面對問題中前進著。我自己的人生也是，以為流產只會有一次的時候，沒想到還有更多次。以為養好身體了，結果又生病了。當有人說著「這個關卡過完就沒事了」的時候，從來都不是那樣的，從來不是。

這不是有春讓我的負能量爆發，而是陪伴有春的這兩年，同時也是我自身諸多波折的共同修煉。沒有happily ever after，但不代表沒有after，只要有after，生命永遠是有趣的。還是有些令你開心的事包藏在苦苦的外皮裡，還是有些情意深厚的人事物會在你身邊流動。艱澀的事情不會是永恆，就像快樂的事情也不是。昨晚喝到一鍋熬得極濃的鳳梨苦瓜雞湯，每一口都是甘苦甘苦在轉換，要說苦瓜真苦也不是，說鳳梨完全的甜也不是，但真正好喝。

健康有一定的保鮮期，身體在一定的使用時程後，就需要反覆的修復，這過程往往令人沮喪。然而，有多少體力，就拿捏多少用度，這是一種自在。肉身有涯，對生命的期待及意志力卻可以無涯。謝謝大家對有春的愛，謝謝有春示範給我的這一課。

有春的日子

某日，帶有春去陽光普照的河堤散步，那天的陽光真美，溫柔但不刺人的溫度覆蓋在身上。我常常回想，關於記憶的一切，不知道是從幾歲開始定型的，每當聞到這種陽光的觸感，感受到風拂過動植物的味道，風穿越了林間，穿過草地，將葉脈及泥土的味道帶進我的鼻息，我就會想到外婆家，想到外婆。

畫面美得不可思議，那天下午的影像，這一生都會停留在我腦海裡。有春在樹蔭底下蹦蹦跳跳，用著小步舞曲的節奏輕盈往前，樹葉篩下的影子落在有春的背上，像是穿著要去度假的印花襯衫。有春搖搖尾巴，回頭望我。我看著那高舉的興致盎然的尾巴，想起剛到我家的有春，尾巴背面有一條長長的傷口，可以看到裡面的皮肉，醫生說在街上流浪的生活讓他的尾巴重傷，應該再也舉不起來了。

但是，有春現在在我眼前搖尾巴，圓圓捲捲的、毛茸茸又靈活的。彷彿那過去的悲傷不曾來過。

我常常在臉書上發一些有春的照片，多半是可愛或有趣的，也常常帶著有春到處去，去上班去工作去錄音去露營去派對，有春非常乖巧溫順，在任何場合都不令人困擾，他總是睜著圓圓的大眼觀察，東聞西聞，然後找到適合自己的位子好好地待著。我身邊的朋友幾乎全被他圈粉，有春樣貌討喜個性穩定，完全符合人類對「寵物」的想像。

帶著有春上街，回頭率百分之百，每天都一定會遇到路人驚呼：「好可愛！好可愛！」知道他是街上相遇的流浪犬以後，路人的問題就會變得更加幽默：「路上可以撿到這麼可愛的喔？」「在哪裡撿的我也要去撿。」有春的討喜讓一切合理化，讓一切變得夢幻。我多次捫心自問，有春如果不是隻外貌可愛的品種犬，我會接受他嗎？會像現在這麼喜歡他嗎？

假設性的問題難以客觀的思考，但我想我還是會接受吧，還是會跟外表不知道是如何的這隻小犬一起走上這條未知的路。跟毛小孩一起生活，可愛與療癒大概是生活中的一成，其他的八到九成都是瑣碎和稱不上愉快的日常。譬如說，有潔癖的我剛開始非常害怕幫有春處理大小便，但是小狗需要大小便的次數遠超過想像，如果沒有空一天帶牠們出門三至四次，就要讓牠們學會在家裡大小便。教是一回事，學不學得會又是一回事，在學會之前，肯定會經歷一段一直在家裡隨機被大小便突襲的時段，你不知道哪裡會踩到大便，像地雷一樣隨處出現，不知道哪時候腳會陷入一灘尿裡。

就算有空一天帶出門遛三至四次，大了便還是得清理。我第一次把手伸進撿便袋裡撿有春的大便時，心裡著實震撼。雖然我清理過罵罵的大便，但都是隔著尿布，自己的大便那就更不用說了，一般人應該絕少有機會與自己的大便接觸。擔任有春的撿屎官是我此生與大便最近的距離。第一次撿完屎，那個溫熱熱的感覺一直在我手上縈繞不去，雖然實際上我什麼東西都沒碰到，但還是忍不住重複洗手洗了好多次。

關於潔癖的挑戰，不是只有撿屎官這項。還有擦拭有春的淚溝、出門回家以後擦拭有春的手腳和屁股等等。眼球較凸或臉上摺痕較多的犬常常會有眼淚在眼睛與鼻子中間堆積，不清乾淨的話會變成一條長長的黑色痕跡，久了還會有臭味。第一次幫有春清淚溝也是我人生中的第一次，等於是幫別人清眼屎。回到家後的洗屁股，也是我第一次摸到別人的肛門。以上種種只是諸多養狗細節中的一小部分，還有許多我還沒體驗過的，例如：剪指甲、擠肛門腺等等。

如同一樣米養百種人，每隻狗都有每隻狗不同的喜好與狗格特質。有春總是穩定的安靜乖巧，此特質的另外一面就是很不喜歡吵鬧。還記得有一次我在家裡跳舞，音樂播得大聲動作很激動，結果有春竟然飛躍起來咬了我大腿一口，雖然是輕輕的沒有留下傷口，也足以讓我感受到他的害怕與憤怒不安。除此之外，還有一個難解的謎，至今我研究不出來為何，有春非常厭惡有人開車門，不是討厭坐車，純粹是討厭「開車門」這個動作。

有春是喜歡坐車的，不管是腳踏車機車汽車，在速度上看著景色流逝，是他最愉快的時刻之一。唯獨開車門這點無法克服，只要有人要開車門上下車，有春就會立刻抓狂露出尖尖的牙齒開始低吼夾雜尖叫。我不能理解，但我習慣了。或許他是在車程後被拋棄的？或許他討厭開車門的聲音？這世界上想不通的事太多了，有很多事情只要習慣就好。

他的可愛是十分之一，剩下的九分或許比我上面所說的更複雜繁重。你怕髒嗎？怕兇嗎？怕狗的負面情緒嗎？狗狗的老化速度遠比人要來得快，他極有可能會變得看不見、走不動、失禁，就像老人家一樣，能照顧他嗎？動物看醫生非常的貴，一有要做深度的健康檢測，看診費用就會以萬元起跳。「錢」是一件很現實的事，有些病放著不治或許可以，有些問題放著不管，會大大影響寵物的生活品質，同樣讓飼主的生活崩壞。

在開刀治好心絲蟲之後，我們又發現了有春各式各樣的病，大的小的，持續病著的，不定期發作的。有春跟我們相遇的時候已是中年犬，又在街上流浪過，這些病都是他的風霜，他的戰績。

可愛是一時的，就像戀愛中的火熱是一時的，柴米油鹽醬醋茶和生病缺錢大小便失禁這些事情，才是生命的日常。生而為人，有很多不同生活方式的選擇，生而為犬，他的世界與他的生命就只有你了。

6 深海尋寶

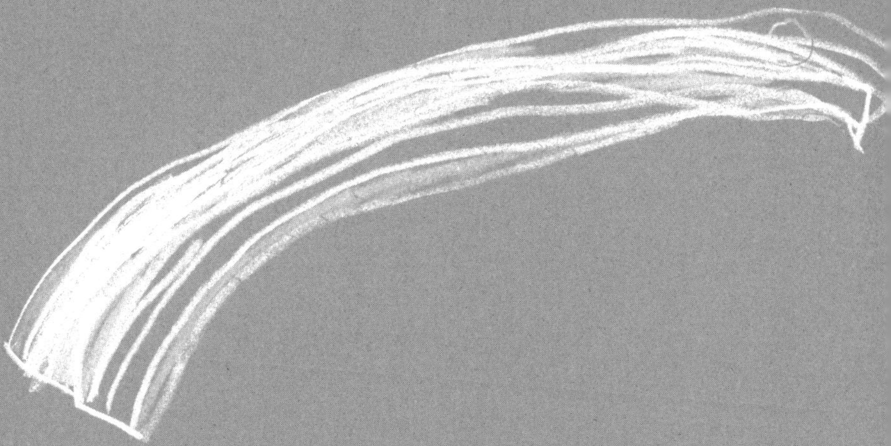

深海尋寶

醫生看著銀幕上的畫面，像大海尋寶似的找尋我的卵泡：「一顆、兩顆，嗯這裡可能還有一顆。」超音波的畫面像地理頻道上的深海，沒有光線，有繁複的水波紋路、有像珊瑚形狀的器官，經驗豐富的醫生像老船長在大海裡打撈沉船的寶藏一樣，每個拐彎處都仔細地查看有沒有餘下的珍珠。一般而言，我還滿喜歡看這種獵奇探險類型的電影，只是這次那艘沉船是我。真的，一點也不好玩了。

醫生的嗓音總是平穩低沉，感覺很適合在深海聽到的那種聲音。如果大王魷魚或是虎鯨會講話，我想應該是這種聲音吧，沒有起伏但給人權威感與充足的安心感，畢竟他日日面對各種各樣心緒波瀾起伏的女人們，不適宜再散發出過多的情緒來刺激或應對。

躺在看診檯上，任何微小的好與不好在我心中都是一陣滔天巨浪。這個數值好，不代表這一程走得順，沒什麼好高興得太早；這個數值不好，也不代表這次出航就無功而返，這時醫生會開口：「事情不到結尾不知道，也有數值比這個低的人，有好結果的。」

我到底是怎麼開始想要孩子的呢？說起來有點老套，第一個孩子來得順利且自然，沒想到，從此就沒有第二個來敲我的門了。每當聽到別的女生在考慮要不要孩子呢？經歷過「好容易」與「不容易」兩階段的我，第一個浮現的念頭都是，與其說生孩子是自己要不要，不如說是命運都安排好了。

這次仔細檢查之後，我才發現我是「雙子宮」，顧名思義我有兩個子宮，這樣的構造在臨床上被判斷為不易生育。兩個子宮通常是一大一小，卵子要先過了成功受精這關，然後再找對子宮發育。如果是跑到小的那邊，那就沒可能生存下來，也有可能懷到一半才發現那個貌似比較大的子宮，沒有大到足夠容納一個胎兒。總而言之，困難重重。幸運的是第一胎還沒發現這個身體構造時，罵罵號在我肚子裡已安全長成一個巨嬰。罵罵號跑對了房間，還安穩的讓自己出生。

或許，沒有任何一個想要孩子的動機是老套的，家人希望你生、你自己想要生、你想要生第二個……每一個看似cliche的答案背後都隱藏著一長串的生命故事，很難對外人細細分說。能夠對外人肯定述說的是，每一個決定都辛苦，每一個決定都飽含眼淚。還有另外一個能肯定的是，所有的苦楚都由女性全部承擔了。尤其像我這樣驀然回首變成高齡產婦的，沒有人管你會不會潛水，我們戴上配備，潛入深海，在看不見的海底探啊探啊摸啊摸啊，在身體健康的危險邊緣游走著，配合著不習慣的節奏呼吸，只為了尋到那一枚可能的寶。

護理師溫柔地指導我怎麼把針插進自己的肚子。痛感還好，大概就像被人用力掐了一下，可怕的是針的意象與那個動作。我像武士一樣拿著一個尖銳的利器插向自己的肚子，在要衝刺的那刹那，我遲疑了。或許是沒有勇氣、也有可能這個動作太違反常理，護理師看著我，把手交握在我手上，溫柔地說：「我們一起來。」然後就完成了我的首次注射。

隔天晚上，是我首次自行注射。這些針劑會幫助卵泡長大，讓原本較小的卵泡茁壯，同梯長大的顆數變多，受孕機會便增加。向來，我對肉體的痛苦承受度很高，還記得有一次跌破了頭，在額頭上縫了五針，拆線那天我沒空去，所以就自己幫自己拆了。又有一次酒醉後滑倒摔斷鼻子，因為臉部手術不能下太多麻藥，手術後半段我恢復差不多的知覺了，當下感覺臉真像萬蟻鑽洞，我躺在手術檯上靜靜地流下眼淚。但回想起來我都會說：「我還好。」第一胎因為生得太快，無痛也沒用上，我在心裡自封現代關公女性版（請參考「刮骨療毒」的典故），可惜生猛如我，面對針頭扎肚子也手軟。

我害怕的應該不是痛，這個痛感比我所經歷過的那些，實是小巫見大巫。我害怕的應該是無力感，我的身體竟然到了需要打針幫助的狀態了？到底有多糟糕才需要打針啊？打了針就會有效嗎？我的身體是不是真的很無能？對於自己身體的信任感的崩潰，才是最底層的痛源。第一次自己打完針，我安靜地呈大字形躺在地上流淚。我覺得好無助，這是我人生中最難打的一場仗，不是奮勇殺敵就好，不是努力付出就好，我在伸手不見五指的海溝裡，幫自己補了第一劑，然後繼續游。

每次去看診，都會驗一些生理數值，醫生看著數字，解讀著謎樣的英文縮寫跟它們後面數字所代表的意義。每次去，都是被宣告哪部分的能力持續弱化、老化了。時間藏在女人身體的各處裡，然後以各種形態出現在女人眼前：每天早上化妝鏡前的細紋、每次生理周期逐漸減少的血量、每年在減退的生殖能力。這個社會，沒有人為了老去而慶幸。為了強盛，大家都在用盡全力。

還好在海溝的不只有我，我知道不只有我。雖然只有一片漆黑，但我知道還有別人，別的心跳，別的堅持。光彷彿落在我們的臉上，在渾沌中，在溝渠裡。人生有時候需要勇氣，有時候就只是需要努力。不是努力的結果，而是努力本身。這對我們這些深海的海女來說，比什麼都重要。

深海尋寶2

結束了像武士切腹般的自行注射第一天，接下來的兩三天都順利多了，深呼吸、扎下去、看著藥劑推到底。說真的，這比女性在人生中大多數時候面對的疼痛，都輕量多了。隨口舉例一個生理痛，痛得死去活來得大有人在，打排卵針絕對沒有生理痛那麼驚人，如果有，那是因為心很痛。

在反覆心痛與大字形安靜流淚的過程重複十天之後，我決定開啟外掛來增加我的心理戰力。我聚集了在美國的好友王和在法國的好友張，針對我脆弱的心靈來一場會議。身為女性的眾多好處之一，是我們較男性更容易對人傾訴心裡的糾結，且更容易常備垃圾桶好友在身邊。王本身就做過人工受孕成功得女，張去年剛執行凍卵，我們三位好友聚在一起聊這個話題，再適合不過。

王和張分別是資訊工程跟基因醫學背景，擁有跟我這顆九十九．九九%文科腦截然不同的運作邏輯，她們感性的排序比較後面，對於細節與流程能夠不帶情緒的分析。會議一開始，召集人我先就本次主題發言將近二十分鐘，包括我對自己身體之老化感到不可思議，對於依靠針劑及藥物來執行生殖，引發一連串自我信任危機等等，以及打完針的我如何無助地躺在地上哭泣云云。王和張本來就是非常好的聆聽者，聽著我述說心在淌血的種種，在視訊的那頭頻頻點頭表示理解。

張接著我話說，她去凍卵的時候，看到驗出來的數值也覺得很吃驚，老化竟然可以被這麼具體的評分。「但你有沒有想過，現代醫學的進步帶來的是樂多於苦，至少相較於上一輩的女性，我們更有機會知道問題出在哪，更有機會藉由醫學的幫助，去獲得想要的結果，雖然過程是辛苦的。」果然是念基因工程，張理性的語氣就像學術研究發表會上的報告。

張接著說：「在我之後，我媽也一直很想要再生一個，但當時沒有現在這麼發達，測卵泡算時間做體外培養都是之後的事了，我媽那時候只能一直吃排卵藥吃到副作用一堆，到現在都還有點影響。」但是獨生女的生活沒什麼不好噢，張率直地聳聳肩。

早幾年就去做人工受孕的王一直都是溫柔的人，對於他人的心情很能體察。「我一開始對於打針跟吃藥也很不能接受，不過換個角度想，這跟做實驗沒什麼不同啊。」理科背景的兩人同時附和說對啊對啊，看數值、調整劑量、觀察結果、如果結果不理想，再評估要調整什麼變因、是不是要再嘗試一次。「只是那個實驗室是你的身體，一開始會覺得很震驚，但跳脫微觀的層次，就是做實驗而已，一切用科學處理。不好用科學處理的，就是自己的心情跟想法。」

王、張與崩潰女我本人，用著天差地遠的理性思維在說話。「而且人都是會老的啊，誰不會老呢？你年紀大一點去換人工關節也是一種老化然後藉助現代醫學啊！」張再度用理智的口吻把我從癲狂的內心拉出來。

如果我的身體是一間實驗室？我想像著我本人穿上無塵衣、戴上手套與眼鏡在裡面打針的樣子，這種專業形象讓我對這個過程的好感提高許多。如果我能夠把專業的醫療行為，跟我的情緒腦補連結斷開，這過程對我來說就輕盈多了。如果如果……在這場橫跨三國的視訊會議結束後，我浮現了好多如果。

如果我有第二個小孩，我會比較快樂嗎？如果我有第二個小孩，我的家庭或我自己，都會邁向所謂的「更好」嗎？如果我此生都沒有小孩，我的人生就不理想了嗎？

在深海裡摸索至今，我至少知道，這趟探險是我最勇敢的奮力一搏。不必放大身體老化的感受，就算提早老化也是上天給我的自然。想起去年的夏天我考到深潛證照，藉著科學的設備，揹起氣瓶，戴上水肺，我可以去從未到過的地方。

現在的我也是，跟當時第一次下水的我一樣，到三十公尺以後的海底我看不到任何的光，我覺得害怕，對於未知，也對於自己身體能夠承受的極限感到不信任。然而我還是經歷了那些與黑暗相伴的美麗，藏在海底的世界是如此綺麗。每個人的身體條件都不同，與身體之間，會有不同的對話跟歷險。我想我應該好好相信及陪伴自己的身體，她是一輩子的夥伴，好和不好，都面對，都接受，都滿足。

深海尋寶3

經過每天武士般可歌可泣的二至三針，連續半個月以後，就進展到「取卵」階段。顧名思義，就是將成熟的卵子用手術的方式先取出來保存。講到這個階段，忍不住讚歎現代醫術之神奇，竟然可以先把卵子像花一樣摘下來，穩穩妥妥地保存，變成永生花。題外話，我很愛永生花，在我獲選為百大傑出經理人的那天，同事們送我一束永生花束，現在還在我案頭。

永生花與假花不一樣，永生花的本質是真真切切的花，只是透過特殊的製程，被賦予更長的保存期，通常也具有令人愉快的香味。這名字是一個浪漫的想望，永生花當然不是真的永生。想到永生花，我對取卵手術的好感度突然大增，相較於自然懷孕，人工受孕的過程的確是有很多不自然，不過有可能經過這樣的流程，卵子就是永生花吧？其實還是很美，只是需要外力。

手術前，醫師一如往常地，用深海中大王魷魚般的低沈聲音對我說：「只要看得到的卵子，我都會盡力取下來。」大王魷魚的最後一個字「來」，在我腦海中迴盪出「來來來來來～」的回音，彷彿我們真的置身在深海，我聽到的是神祕的音波而不是確切的聲音，**這一切都太奇幻了**，我想。大王魷魚這句話有一個隱含意，應該是雖然卵子不多顆，但看得到的他都會摘。大王魷魚即將跟我一起進入深海，去看看到底藏了多少寶在裡面。

在打針的期間，每顆卵子都被藥劑全力衝刺到極限，能長多大是多大，我感覺自己是一朵賣命盛放的花，或是海底那種異色的珊瑚，應該是美的，但張牙舞爪。取卵手術需要全身麻醉，像是睡了一場短短的午覺，醒來就在恢復室了。時間短到我一張開眼睛，就問護理師說：「醫生剛剛有來過嗎？」護理師笑了出來：「手術已經結束了耶。」沒有痛感、沒有確切的身體裡有物體離開的感覺，神出鬼沒的大王魷魚已經與我一起在海底撈了一圈，只是，我是在夢裡。

取卵手術過後，多半會建議休息一個生理周期，等待荷爾蒙恢復正常，再執行胚胎植入。中間的這個生理期，血量多如滔滔江海連綿不絕，想是有藥劑的影響，讓子宮內膜膨脹增厚到一定程度，才會如此。人工生殖的每個步驟，對於母體本身都是一次驚濤駭浪，藉由現代醫學的幫助，將生理功能推到極限，也將心理承受的負載量推到極限。我們在身體裡做了一場劇烈的實驗，這個實驗只有成功或失敗，沒有中間的灰色地帶。

「我是一隻不會下蛋的母雞。」

二〇二〇年推出的連續劇《未來媽媽》裡討論關於女性生育、不孕等問題及相關的選擇，裡面有一位長期無法受孕的角色，哭喊著：「我是一隻不會下蛋的母雞。」我已經生過小孩了，沒有懷疑自己生育能力的問題，但身為「一隻曾經下過蛋的母雞」，這句臺詞仍然深深烙印在我心中，迴盪著種種思慮。

母雞的生存意義，被定義為下蛋，但在下蛋這件事之外，母雞本身就是一個獨立生命個體的存在，是上天造物的恩賜之一，下蛋這件事框架了母雞生存的定義，沒有人在乎下蛋之外的事情。被比喻為母雞的女人，或是自我比喻為母雞的女人，將生命的價值與生育做了不可分割的連結，不能生育，就沒有價值，但真的是這樣嗎？

上天賦予女性孕育下一代的生理功能，然而，生理功能絕對不等同生命的價值，動物如此，人類亦然。女性長久以來，對於不孕這件事無法釋懷，無法自外於生育價值之外，是社會集體價值觀的沉痾，歷史的共業。男性同樣具有生育的功能，卻沒承受著同等的凌遲。實則，對於生育這件事情，無論男或女，都不該承受來自外在的期待與壓力。生或不生，能生或不能生，都該是自己的事情，不是為了誰，或誰逼了誰。

擺脫外在對於生育壓力的眼光，說來簡單，實則困難。活在世上的每一天，每個人都處在社會結構的某個位置，與相應的人產生不同的連動，有情緒、有期待、有反饋，不可能真空。但，我們可不可以試著從自己開始做起，將生育的決定權與評論權，交還給生育者自己？

深海尋寶一路尋來，高低起伏，有悲有喜，但慶幸的是這些決定都是「我」做的，「我」想要的，我讓自己揹上氣瓶縱身一躍，沉入深深海底，或新奇或艱辛，至少是自己全力相挺，起手無回，心甘情願。

深海尋寶 4

從檢查身體各項數值開始，醫師診斷後決定療程、吃藥打針、取卵，最後一個階段是將在實驗室培養好的受精卵胚胎放入身體裡，就像是把在深海尋到、閃著潔白光輝的珍珠放進身體裡，期待珍珠愈養愈大，順利長成一個捧在手掌心的寶貝。

深海尋寶的過程讓我想起我所喜愛的晚唐詩人李商隱名作〈錦瑟〉中的兩

句：「滄海月明珠有淚，藍田日暖玉生煙。」這兩句詩極受歡迎，歷來有各式各樣的解讀版本，其中又以情詩角度的解讀為多。創作者本身在寫作的當下或許擁有一種特定的含義，也有可能無具體指涉，只是描繪一種情境。作品之所以雋永，多半是因為寬廣且迷人的氛圍，讓讀者在語境裡各自漂浮，自在抒發。

我與大王魷魚在明月高掛的黑夜裡，下潛到深海，海底深不見五指，我跟在大王魷魚的身後，看他專業的用觸鬚在百轉千迴的溝渠裡找到了珍珠，或許是真實的珍珠，也可能開殼後發現是夢一場，無論如何，都是鑲著淚滴的貝殼。是我的眼淚，辛苦的眼淚或喜悅的眼淚，失望的眼淚或是釋懷的眼淚。

我的身體就像一畝田，更希望她是有暖暖日照的一畝良田，我慢慢地在上面翻土耕耘，如果哪一天播下種子，就如同藍田種玉一般。出太陽的日子，總有新的希望，或有可能一切如煙，海底、良田、貝殼、珍珠，都是一場夢，無論如何，我曾經在這個夢境裡真心走過一回。

不知千年前的李商隱知道我如此解讀他的詩，是否覺得我無知而笑了，又可能纖細如他，能夠理解中間的百轉千迴，大方將這兩句贈我一用。反覆低吟〈錦瑟〉，絕美的字面如同大唐的錦緞，字裡行間的華麗繡線參著悲傷。當走到生命中任何孤獨的情況，如果能與些許詩句相映，就不會覺得眼前現實的景況如此荒謬難熬，艱難中反而有一種詩意，這是詩人分享給我們的魔力。

植入胚胎後，接下來進入「等待開獎」的階段。「等待開獎」是網路上有共同經驗的女性們廣為流傳的用詞，反覆的驗血來觀察身體的懷孕反應。有可能連著床都沒有、也有可能成功著床但胚胎沒有順利發育、也有可能胚胎雖然長大了但發育不正常，開獎是另一個旅程的開始，接下來還有各種海相高低埋伏在面前，一閃神就被吞沒。

開獎那天，順利著床了。得知結果後心裡十分雀躍，跟朋友說：「真是興奮到模糊。」真不敢相信自己那麼順利，因為在療程進行的同時，我患了重感冒，嚴重到連續兩個禮拜都發不出一點聲音，又不敢像一般日子裡一樣打針吃藥，拖著完全發不出聲音的病體，一步步往前行，心裡覺得凶多吉少，沒想到中了第一個獎。真是幸運好幸運超級幸運兒啊，開獎那天，我腦海中出現字體不同、字級大小各異的「幸運」，原來幸運就是那麼一回事啊。

第一次開獎後，回診時大王魷魚醫師用一如往常的低沉磁性嗓音，說：「我們現在是懷孕了，但不知道以後會怎麼樣，要繼續觀察，希望未來順利。」沒有欣喜也沒有喪氣，如往常一樣的音調傳遞著沉穩。醫生難為，他無法給我過多的希望，也不希望我多疑，這是一條不能太樂觀也無法悲觀的路。

每隔幾天就要去驗血一次，監測胚胎在身體內的狀況。第二次開獎，我又中了，胚胎持續地長大。我想這樣就是確定了吧，我已經順利撈到珍珠搭上船了，準備開往心之所向。我愉快地想著以後的生活要怎麼安排，既然這麼高齡懷孕，想必要多休息，房子的有幾處還沒整理好，要請先生提早處理，罵罵小嬰兒時期的衣服不知道都收到哪裡去了，找時間回老家翻一翻。都是一些瑣碎的勞務，不過想著想著我就笑了。

第三次開獎，我沒有中獎，就像赴了有十足把握的考試，但放榜那天找不到自己的名字，反覆讀著榜單以為自己眼花。我盯著診所傳來的驗血報告，消化了又消化，這是我想的那個意思嗎？就這樣結束了？其實診所寫的訊息內容再清楚不過，是我無法接受。回診當天，大王魷魚很冷靜，我也很冷靜，解讀完報告上的數字，大王魷魚說：「無論如何，接下來要多休息。」

休息的「息」字在我腦海中又像透過深海聽到的聲音，忽遠忽近沒有辦法判斷距離：「息息息息息~~」，我像是在夢中，又像是醒著。回家後按照醫囑多休養，好好吃飯早點睡覺。過了幾天，到了十二月二十日，那天是我先生生日，我雖知道，但提不起勁做任何事。當天早上，先生出門工作前，對還躺著的我輕聲說了一句：「出門囉。」我勉強撐起身體，用努力保持鎮定但嗚咽又破碎的聲音對他說：「生日快樂……」。

這是我人生中，聽過最悲傷的一句「生日快樂」了。

深海尋寶 5

開獎落榜後，必須靜養的我躺在床上，讓思緒漫無目的地飄，回想起人生中種種接近失敗的感覺。第一次應該是高中聯考失利吧，在那個一試定生死的年代，聯考失利意味著三年努力放水流，我的天空瞬間塌半邊，還記得我半夜醒來抱著冰箱哭，為什麼是冰箱呢？因為涼涼的很療癒，也順便吃了一些冰箱裡的食物。

痛哭了一個暑假，上了景美女中以後卻無比快樂，認識了很多好友。回補的快樂值太高，這就不算合格的失敗經驗，在腦海中畫了一個叉，宣布：「下一個請登場！」下一個失敗經驗是大學初戀莫名其妙被痛甩，男友還劈腿。我還記得我與該男在他家樓上濃情蜜意完，過一陣子突然發現該男好像下樓很久沒回來。悄悄走下樓看他在幹麻，我站在樓梯的中間迴旋階往下望，剛好看到他在回簡訊給別人。

那個別人說：「好想來一場香水雨。」他回：「我帶你去。」香水雨是什麼又浪漫又該死的東西？我第一次聽到。藏不住話的我馬上跑下去質問他，他坦承該女是他「真愛的初戀」（這是他的原文，一字不改），也坦承他比較喜歡那個女生勝過我，然後最近他又和該女聯繫上了，他很想重續前緣，又放不下我之類的廢話。

初戀就被劈腿實在是慘烈，當時的我真的很喜歡那個男生，怎麼苦求他都不回頭。長大後我才發現要挽留一個人，苦求是一點意義也沒有的，這個初戀的舊傷就這樣變成我後續每段戀情的地縛靈。然而，該位男友在劈腿後又回頭找我復合（請幫他點一首蘇永康的〈舊愛還是最美〉），然後以我提分手收尾。戀愛不是以誰分手作為勝敗的判斷，我只是慶幸他的回頭，證明了他心中對我還有情意。當時的我餘情未了，慶幸還有機會能談上一段戀愛。後面這段的補血補得高，所以這個失敗又不算太純粹了。

然後下一個，是在前公司與老闆鬧翻老死不相往來，我覺得我對他盡心盡力，他總覺得我讓他不滿意，日積月累，日久生怨，最後一根稻草壓下來的時候我就爆炸了，炸得兩敗俱傷。然後下一個、然後下一個、下一個……，每一個「下一個」出現的頻率愈接愈近，我不用再傷腦筋思索，馬上就可以在腦海中跳出一個。

我發現人愈長愈大，被歸類為失敗的經驗愈多，但同樣的事情如果發生在年輕一點的時代，可能不會被分類到失敗區吧？為什麼呢？人愈老不是應該愈成熟，愈能避開暗礁，愈能趨吉避凶嗎？

我想，是不是因為人年歲愈長，期待與企圖愈多，控制的欲望也愈強，「我想要」、「我一定要」、「我必須」、「失敗的話我就完蛋了」變成了心理的基礎設定，但小的時候，我們應該是「我希望」、「我或許可以」、「如果沒有就再找別的好了」、「哎呀沒有就算了」。賭注變多，想要對外在的控制力道加大、反作用力的力道變深，傷口也難以癒合。長大了，不是不能期待，也不是不能追求，只是在打開骰盅的霎那，我們是否能有放下的本事，能夠不要將失望化為一種傷害，而化為對未來的想像與期待？

當然能，只是很困難。就像還癱軟躺在床上的我，想著我挨了無數的針、吞了好幾百顆的藥，換來的是什麼也沒有。我要如何鼓勵自己放下？不要將失望化為傷害？化為對未來的想像與期待？我現在就是很難過啊，很想對著那些對我說沒關係的人大喊：「你流過產嗎？你們流過產嗎？」沒有走過生育懷胎流產人工這一途，不要對我說你懂，不要對我說沒關係，不是你說沒關係就沒關係，因為完全不是沒關係。不是你說加油就加油，我恨透「加油」這兩字了，我到底還要加什麼油，我加到油箱蓋都滿出來了。

我想著我的第一個孩子罵罵，又想到我流掉的第二個孩子，然後想到這次去深海尋寶尋回來但沒延續下去的珍珠。我的身體裡與腦海裡都深深種植著關於這一切的種種記憶，夜深人靜的時候，酒過三巡的時候，一人獨自站在海邊的時候，突然抬頭看到皎潔月色的時候，這些都會慢慢地浮起來，一個畫面一個畫面的，一絲一絲的感覺，像細細綿綿的雨又像霧，籠罩在我身上。

還真奇妙，當我想起這些事，被雲霧籠罩，卻不全然都是痛苦難熬的感覺，我以為我會很難過，就像辛曉琪〈領悟〉的歌詞：「**我以為我會哭／但是我沒**

有」，「**這何嘗不是一種領悟**／**讓我把自己看清楚**」。或許我會想，要是我早幾年準備生育就好了，這樣機率可能高一點；或許我會想，為什麼別人不用努力不用受苦，就得到我想要的呢？

人生沒有如果，也沒有可能回到當初，所有的決定都是當下最好的決定。當年的我決定不要生，所以我多得幾年自在快活，現在的我突然又想生，得付出比當年更多心力。就算最後沒有得到我想要得到的，我也嘗試了，努力了，我把這件事情好好地做完了。過幾年我就不會去想：如果我試著去找醫師嘗試人工，我會不會又有一個孩子？用實際行動去斬斷了懸念，付出自己，換得心理清明，因為我們都試過了，痛過了，走過了。

人活著，能感覺到無悔，多不容易啊。任何一條走過的路，都是有意義的，就算前方的路沒有果實沒有獎勵沒有走到目的地，也能行到水窮處，坐看雲起時，心中無悔。

看世界的方法 201

有春的日子

作者———劉冠吟
封面繪圖———丁翊 Edith Ting
封面折口攝影—鄭弘敬（劉冠吟照片）、Phi Edward（有春照片）
封面設計———朱疋
內頁設計———吳佳璘
責任編輯———魏于婷

社長———許悔之
總編輯———林煜幃
主編———施彥如
美術編輯———吳佳璘
企劃編輯———魏于婷
行政助理———陳芃妤

董事長———林明燕
副董事長———林良珀
藝術總監———黃寶萍
執行顧問———謝恩仁

策略顧問———黃惠美．郭旭原
郭思敏．郭孟君
顧問———施昇輝．林子敬
謝恩仁．林志隆
法律顧問———國際通商法律事務所
邵瓊慧律師

出版———有鹿文化事業有限公司｜台北市大安區信義路三段106號10樓之4
T. 02-2700-8388｜F. 02-2700-8178｜www.uniqueroute.com
M. service@uniqueroute.com

製版印刷—鴻霖印刷傳媒股份有限公司

總經銷———紅螞蟻圖書有限公司｜台北市內湖區舊宗路二段121巷19號
T. 02-2795-3656｜F. 02-2795-4100｜www.e-redant.com

ISBN———978-986-06823-8-0
初版———2021年11月1日
定價———360元

有春的日子 / 劉冠吟著 —初版．— 臺北市：有鹿文化，2021.11．面；14.8×21 公分 —（看世界的方法；201）
ISBN 978-986-06823-8-0（平裝）
863.55 ………… 110016894